JN029858

て
す
んりてま
しが寝い
三浦しをん

装幀　円と球
表紙写真　魚地武大〈TENT〉

しんがりで寝ています　目次

## 二章　ふんばりはもうむりだ

## 三章　のんびりがいちばんだ

## 四章　だんまりはしてられん

# まえがき

本書は、雑誌「ＢＡＩＬＡ」に連載したエッセイをまとめたものの第二弾だ。「エッセイ集なのに続編？」「ということは、第一弾を読まないと話がわからないの？」と、疑問や不安を覚えたかたもおられるだろう。大丈夫だ。なんてことのない日常を書いたエッセイばかりが収められているので、いきなり本書からお読みになっても、なにも問題ない。

どうしても予習をしてから物事に取り組みたい派のかたや、本書をお読みになったのち、第一弾にも興味を抱きはじめたという奇特派かつ善良派のかたに、朗報がある。本書の前日譚にあたる『のっけから失礼します』、集英社文庫から堂々発売中です（ステマ）。

最近、商品などを提供してもらったうえで、宣伝だとわかりにくい感じで宣伝する場合には、「ＰＲ」と明記しないといけないよと、法律かなにかが変わったと仄聞した（ぼんやり情報）。インフルエンサーのひとも対応が大変だなと思うが、私はＳＮＳに疎いため、正直なところインフルエンサーがなにをインフルエンスしているのかよくわかっておらず、ということは、知らぬまにインフルエンサーにインフルエンスされていることもあるのかもしれないので、まあ

ＰＲなら「ＰＲ」と言ってもらったほうが安心だ。ＳＮＳを見てないくせに、どうやって知らぬまにインフルエンスされるつもりなんだよ、ずうずうしいな自分、という気もするが。

私自身は以前から、ステマのときは「ステマ」と明記する方針です。ステマの意味がわかってない感がありありと……。

問題は、第一弾の『のっけから失礼します』をお読みいただいたとしても、やっぱりなんてことのない日常が書かれているため、前日譚なのかどうかすら定かじゃない、ということだ。十年一日ぶりが極まっていて、時空を歪(ゆが)ませるほどの力に満ちたＳＦ的エッセイシリーズ（誇大ステマ）。あ、これはあくまでも自称なので、ちゃんと明記しました。

とにかく、第二弾の本書をいきなり読んでも話は通じるので、なにも心配はいらない。憂(うれ)いなく、本書を本屋さんのレジに持っていっていただきたいと願う。おしゃれな女性向けファッション誌「ＢＡＩＬＡ」の巻頭ページで、好き放題、おしゃれじゃない日常や、たまにシモの話や、（主にＥＸＩＬＥ一族への）愛が高じてしばしば様子がおかしくなってるさまを書き綴(つづ)っているのに、十年ぐらい連載続行させてもらえてる奇跡のエッセイ（誇大ステマ）。この基本情報さえ把握しておいていただければ、大丈夫である。

なぜ、本書のタイトルが『しんがりで寝ています』なのかについては、少々説明が必要だろう。第一弾『のっけから失礼します』のあとがきを書く過程で、「はっ。もしかして、内容によりふさわしいタイトルは、『のっけから失礼します』ではなく『しんがりで寝ています』だったのでは？」と気づいたのだ。しかしそのときには刊行予告が出てしまっていたので、第一弾のタイトルをいまさら変更するわけにもいかず、今回、満を持して第二弾のタイトルに流用、いやいや、活用した次第だ。ＳＤＧｓの実践。流行(はや)りの言葉で誤魔化すのやめろ。

「しんがり」ってなに？　と思うお若いかたもいらっしゃるかもしれないが、「最後尾」という意味です。大河ドラマなどを見ていると、「拙者がしんがりを務めます（退却する軍の最後尾で、追ってくる敵を食い止めます）」と羽柴秀吉が申しでて、「サルめ、よく言った……！」と信長さまが感極まるシーンがあるが、あれです。そういう重要な最後尾においても寝てしまう胆力。起きて。

十年一日の日常エッセイを、いつまで書きつづけられるんだろう。現に戦争が起きてしまったし、本書にもコロナ禍の日々が収録されている。「なんてことのない日常」を、どうすれば全世界レベルで実現できるのか、真剣に考え、行動していきたいと思っているのは本当なのだが、本書からその思いを汲み取れるかたはエスパーだろう。なにかべつの本の感想と混同している可能性もある。

いくらなんでもアホすぎる一冊に仕上がってしまったが、本書をお読みになるあいだ、もし少しでも楽しい気持ちになっていただけたなら、うれしいです。

# 一章
# とんがりがまるくなる

# 有識者緊急会議

出張を終え、新幹線の駅から家まで奮発してタクシーに乗ることにした。運転手さんはたぶん私と同年代ぐらいの、丁寧な物腰のかただった。

目的地付近の土地鑑があまりないので、申し訳ないが道順を教えてほしい、と礼儀正しく申しでて、車内の温度などにもあれこれ気を配ってくれる。私も土地鑑はないので（自宅付近なのに！）、あやふやな道順説明しかできなかったのだが、運転手さんはめげることなく、ナビも駆使しつつ最適な経路を選んでくれた。運転も上手だし、穏やかそうな雰囲気だし、こりゃいいひとに当たったなと、安心して車窓を流れる夜の街を眺める。

しばらく走ったのち、

「明日はいよいよ、新元号の発表がある日ですね」

と運転手さんが言った。世間話で車内の空気をよりなごませようという作戦だろう。私もそれに乗っかることにした。

「そういえばそうですね。なにになるのかなあ」

「女子高生に『どんな元号になると思うか』とアンケートを取った結果をどこかで見かけたんですが、『タピオカ』という回答がありました」

「えっ⁉」

「『タピオカ』です」

「斬新！　でもそれ、すごくいいじゃないですか」

「お客さんもそう思いますか。実は僕も、ものすごくいい案だと思ったんですよ！」

一気にヒートアップする運転手さん。穏やかそう……？　雲行きが怪しくなってきた。

「語感がかわいいですし、外国の食文化に敬意を表していてグローバル社会にもぴったりですし、なによりもタピオカって食感がいいですから」

と、運転手さんはうきうきだ。

「元号が『タピオカ』になったら、タピオカがますますバカ売れするでしょうねえ。平和な光景で好もしいですな」

と私も同意した。

「あの太いストローもバカ売れですよ。ストロー業界は、いま増産かけてると思います」

「私は肺活量に難があるのか、どうもタピオカをうまく吸いこめないんです。本当に『タピオカ』に決まったら、お年寄りやチビッコは大変かもしれません」

「誤飲には注意してもらいたいですね」

そのとき、天啓が降ってきた。

「……ちょっと待ってください。『タピオカ』の対抗馬として、有力な案を思いつきました」

と私は言った。

「なんです?」

「『エグザイル』です」

「『エグザイル』……!」

「『タピオカ』と同じく外来語でグローバルですし、なんだか強そうです。そして、誤飲の恐れはありません」

「なるほど、有力だ!」

というわけで、車内有識者会議の緊急開催が決定した。

「しかし元号が『エグザイル』になると、国民全員が歌い踊らなきゃならない感じがしませんか」

「たしかに、私も歌舞音曲の類は苦手なので、そうなると少々困ります。でも大丈夫です。あくまでも元号ですから、歌い踊りたくないひとは西暦を使えばいいのです」

「そうですね。正直言って、僕は元号ってあんまり使いません」

「私も換算が面倒なので、いつも西暦ですね。たまに役所で、『いまは平成何年だったっけ？』って首をひねる派です」

「じゃあまあ、『エグザイル』にしますか。『タピオカ』のかわいさも捨てがたいですが」

「はい。『タピオカ』はかわいいけれど、『大正』のＴとイニシャルがかぶってしまうという難点がありますし」

「ほんとだ！　やっぱり『エグザイル』のほうが有力ですかね。明日、官房長官が新元号の額を掲げると同時に、『Ｒｉｓｉｎｇ　Ｓｕｎ』（←ＥＸＩＬＥの曲名）が流れるというわけか……」

「まだわかりませんよ、運転手さん。どっちに決まるのかなあ。ああ、ドキドキする。いまの皇太子（現・今上天皇）は天寿をまっとうしたのち、『エグザイル天皇』か『タピオカ天皇』と呼ばれることになりますが、国民の総意ですから受け入れてくれますよね」

「ええまあ、この車内では国民の総意ですが、車外で総意かどうかは……」

こんなに熱く議論したというのに、運転手さん、意外に冷静！

こうして、緊急開催された車内有識者会議は幕を閉じたのだった。

新元号がなにになったかは、みなさまご存じのとおりだ。くそう、もうちょっと有識者（？）の意見に耳を傾けてもらいたいものだぜ。たとえ賛同者がだれもいなくとも、私は「タピオカ」または「エグザイル」を貫く活動をする！　って、あらゆる書類を役所に受理してもらえなそうだな。よく考えてみりゃあ、そこまで元号に思い入れはないので、いままでどおり基本は西暦で行きます、はい。

それにしても何者だったんだ、あの運転手さんは。丁寧な物腰のまま、車内有識者会議に積極的に参加。ほかにも、「僕は海老名（神奈川県）に住んでるんですが、駅前の商業施設のすぐ裏に牛とかいて、ドリフの書き割りみたいに繁華街が薄いんですよ」などと、なんか気になる発言を連発していた。海老名には私もたまに行くが、書き割りほど薄くない、と海老名の名誉のために、運転手さんに代わってお詫びし訂正する。

どうしてタクシーの運転手さんはキャラが濃いのか、というのは、私の積年の謎である。

## ヒビが入る

めずらしく母と一緒に欲望百貨店（伊勢丹新宿店のこと）へ行き、進物やら母の好物であるおはぎやらを買った。

それはいいのだが、母の歩みがのろく、なんだかぎこちない。加齢ゆえに一気に足腰が衰えたのだろうか、と内心戦々恐々としながら、

「どうかしたの？　できればもうちょっと速く歩いてほしいんだけど」

と言った。

「実はねえ」

と母は答えた。「さっき限界が来たのよ」

「えっ、足腰に⁉」

「ううん、左足の薬指に」

そりゃまたむちゃくちゃピンポイントな部位に限界が来たんだな。いったいどういうことなのかと問いただしたところ、母はしぶしぶと説明しはじめた。曰(いわ)く、自宅の引き戸に誤って左

足の薬指を強打した。今日はゆったりめの靴を履いてきたので大丈夫だと思っていたのだが、さきほどから、やはりのっぴきならぬ痛みに襲われだした。よって、速く歩くことはできぬ、とのことだった。

どうも要領を得ないので、

「左足の薬指を強打したのは、いつなの？」

と聞いた。

「……一週間ぐらいまえ」

「なのに、まだそんなに痛いの⁉　それ絶対折れてるよ！　なんでお医者さんへ行かずにデパートに来ちゃってんの！」

「だって買い物したかったんだもの」

健康より物欲を優先させるのはやめなさい。しかたがないのでタクシーで母の住む家まで帰り、保険証をピックアップしてそのまま近所の整形外科に乗りつけた。

整形外科は、お年寄りと運動部らしき学生さんで激混みだった。母を待合室に放置し、私は自宅に戻って仕事をすることにした。

ところが、「診察が終わったら迎えにいくから、電話してね」と言い含めておいたのに、母からの連絡が一向に来ない。どうしちゃったんだろうと気を揉（も）んでいたら、二時間ほど経って、ロボットみたいにぎくしゃくと道を歩いてくる母の姿が窓から見えた（母と私は近所に住んでいるのだ）。慌ててつっかけを履いて表に飛びだし、「お母さん！」と呼びかける。

「迎えにいくって言ったのに、どうして連絡してこないの」

「あら、大丈夫よ。ゆっくりなら歩けるんだし」

残りわずかな道のりだが、とりあえず並んで歩いて、母を家まで送っていった。聞けば、通常なら整形外科から徒歩十分の距離を、ぎくしゃくしながら二十分かけて戻ってきたのだという。せめて病院にタクシーを呼べばいいのに、無駄に辛抱強いというか状況判断にも加齢の影が見えるというか、私はもうため息しか出なかった。

「お医者さんはなんて？」

「それがねえ、レントゲンを見て診断を下してくれたんだけど、帰り道の二十分のあいだにひと文字残らず忘れたぐらい、診断名がむずかしいのよ！　お医者さんに向かって思わず、『へっ⁉』って言っちゃったわよ。そしたら、『つまり、ヒビが入ってます』ですって。最初からそう説明してくれればいいような気もするんだけど」

いや、先生からすれば、ちゃんとした診断名も伝えねば、という職業上の使命感と親切心だろう。まあ、ばっきり折れてなくてよかった。しかし、ヒビが入るほど激しく引き戸に足の薬指をぶつけるなんて、母はどんな勢いで室内で暴れているのだろう。怪獣かなんかなのか？

と考えていて、私も二年ほどまえ、自宅の引き戸に右足の小指を強打し、猛烈に腫れあがったことがあったのを思い出した。怪獣親子。しばらくは触るだけで飛びあがるほど痛くて、それから半年ほどはあんまり小指が動かなかった。放っておいたらいつのまにか完治していたが、もしかしてヒビぐらいは入っていたのかもしれない。そういうひとはけっこういそうだ。

母はちゃんと病院に通っているので、治りが早いようだ。「とにかくいつも混んでて、お年寄りの社交場と化してるのよね」と半ばうんざりした様子だが、うん、貴殿も立派にお年寄りの一員だからな。病院では、靴の履きまちがいや会計の際の財布の置き忘れが頻発しているらしく、「もうカオスよ、カオス」とのことだが、うん、貴殿もカオスを巻き起こしている一員だぞ。

先生や職員のかたの気苦労を思うと涙を禁じ得ないが、母はといえば、「リハビリをしてくれるイケメンに、『ゴム草履（ぞうり）』と言ったら通じなかった」とショックを受けていた。「これを履いてきました」と実物を見せたら、「あ、ビーサンですね」とわかってもらえたそうだ。

先日、両親の家に様子を見にいったら、夕飯どきだったため、母が父の皿にサラダを取り分けているところだった。

「足が折れてるのに取り分けてもらってすまないねえ」

「いいのよ、たまにはね」

というやりとりをしていた。

骨折ではあるがヒビだし、足の薬指にヒビが入ってても取り分けにはなんら影響ないだろ！しかしツッコミ不在のコンビ（？）なので、特に変だとも思わないらしく、二人してしゃりしゃりとレタスを食べているのであった。

元気そうでなによりだ、となにも見聞きしなかったことにして、そっと引き戸を閉めて両親の家をあとにした。

追記：その後、母は腰の骨にもヒビが入った。腰を引き戸にぶつけたのではなく、骨粗鬆症（こつそしょうしょう）が原因である。コルセットを巻いて絶対安静が必要と診断されるも、コロナ禍だったため腰骨のヒビぐらいでは入院できず（かなり痛そうなのにかわいそうだったが、いたしかたない）、しばらくは自宅のベッドでひっくり返ったカエルのように寝て過ごしていた。父と弟は家事全般を難なくこなす派なので、毎食、母にうやうやしくご飯を捧げていた。私は、「気をつけて。そのカエル、じゃないじゃない、お母さん、退屈して気が立ってるみたい」と物陰から見守るにとどめた。
なんとか復活したいま、母は毎日いわしせんべいをむさぼる怪獣と化している。女性は特に、それなりの年齢になったら、病院などで骨密度を測ってもらったほうがよさそうだ。

# ぬいぐるみはお友だち

映画『名探偵ピカチュウ』を見たら、ピカチュウのあまりのかわいさにどうかしてしまった。帰宅してさっそく、カチリ、カチリとネットの海をさまよい、映画の公式ツイッターなるものを発見。うわお、ピカチュウのかわいいお写真がいっぱい載ってる！　ツイッターをやっていないので、パソコン上でただじぃっと眺めているだけだったのだが、ふと思い立って写真をクリック&長押ししてみた。

まじか、ダウンロードできる仕様になってるじゃないか！　こんなかわいいピカチュウの写真を、私のパソコンにお迎えしていいものなのか？　違法じゃないのか？　とドキドキしつつも誘惑に抗（あらが）えなかった。パソコン上の「写真」のアイコン（?）のなかに、せっせとピカチュウのかわいい姿を並べる。

そのうちに気づいてしまった。パソコンとスマホが同期（?）されているため、スマホのカメラロールにも自動的にピカチュウの写真が入ってる！　孫の写真を眺めてやにさがるおじいさんみたいに、私は外出先でも用もないのにスマホを見るようになった。もふもふでおっさん声の孫、もとい、ピカチュウ……。世界一かわいい生き物だよ……。

　それでもまだたりず、必死になってスマホを操作し、壁紙にピカチュウの写真を設定した。いままではスマホ購入時に設定されていた宇宙みたいな壁紙のまま、特に変更したいという発想も湧かなかったのだが、もう辛抱たまらなかった。自宅で仕事中に用もないのにスマホに触れ、現れるピカチュウの姿にとろけている。ひとに会うとさりげなく壁紙画面が見えるようにスマホをテーブルに置き、「あら、かわいいですね」と言われると、我が意を得たりとばかりに、「そうでしょう。危険なぐらいかわいいですから、ぜひ映画見たほうがいいですよ」となぜか自慢げに勧める始末。私が作った映画ではない。

　私はまったくポケモンのことを知らず、顔と名前が一致するのはピカチュウのみという状態だったのだが、それでも映画をとても楽しめた。字幕版のみならず吹替版も見にいったほどだ。私のような門外漢ですらこの調子なのだから、ポケモンに親しんできたひとにとっては感涙物の作品だろうなと、画面じゅうにあふれるポケモン愛に胸打たれた。

　ポケモン門外漢にもかかわらず映画を見にいったのは、たまたま予告編を目にして、「これは……！」と思ったからだ。「これは、最高のぬいぐるみ映画なのではないか⁉」と。

　私は子どものころからぬいぐるみが大好きで、自分で動かし声色を使って、ぬいぐるみと会話して遊んできた。実はいまでも、寝室にはぬいぐるみが並んでおり、抱き枕もウサギのぬいぐるみだ。天気のいい日は、「はーい、日なたぼっこしますよー」と声をかけ、ぬいぐるみたちをベランダに整列させている。たまに我に返って、「いい年して、まずいのではないか」と自分の所業に震えあがるのだが、「ぬいぐるみが生きていない」という事実が、どうも根本の部分で飲みこめていないきらいがある。

こんなにかわいくて、もふもふして、おしゃべりだってできるのに（できない）、生きてないはずなくない……？

映画『名探偵ピカチュウ』は予告編での期待を裏切らず、ポケモン好きのみならずぬいぐるみ大好き人間にとっても、夢をかなえてくれた映画だった。もふもふで愛くるしい、ぬいぐるみみたいなピカチュウが、表情豊かにしゃべって動いて大活躍！　ああ、私は子どものころ、ぬいぐるみがこういうふうに見えてたんだな。こういう生き物だと信じていたし、大人になってからも、そうであってくれればいいのにと心のどこかで思ってたんだな。そんな気持ちがこみあげ、映画のなかでそれを見事に実現してくれたんだと思うと、もうダバーッと涙があふれてたまらなかった。

いまは、プレミアムバンダイで予約販売しているピカチュウの等身大ぬいぐるみ（関節可動・二万円超え）を買うべきか否か、激しく悩みチュウだ。「ちゅう」と打つと「チュウ」とパソコンが変換するようになってしまってるが、お気になさらないでいただきたい。ぬいぐるみなのに二万円超えとは豪気だなと思うのだが、このピカチュウを拙宅にお迎えせずにすませては、私はなんのために働いているのかという気もして、葛藤で震えが止まらない。買っちゃいそうだな、うむ。

問題は、「いくら精巧でも、ぬいぐるみはしゃべらないし（しゃべるけど）、可動する関節も独自には動かない（動くけど）」という点だ。（　）内にぬいぐるみへの熱量というか本心が混入してしまい、ややこしいことになってるが、とにかくピカチュウのぬいぐるみはライアン・レイノルズの声も西島秀俊の声も発さない。

ということは、やはり私がアテレコせにゃならん！　急いで映画の記憶をたどり、ピカチュウ本来のかわいい声での「ピカピーカ！」の真似に励んでいる。けっこういい線まで行くようになったような気がする。しかし、ライアンピカチュウや西島ピカチュウは男性の声なので、私では低音が出ないうえに、ライアンピカチュウに至っては英語なので道のりが遠すぎる。

いま予約すると、ぬいぐるみの到着は半年後の十二月か……。声色と英語の習得、まにあうのかな。って、やっぱり買う気満々だな！

# アップしない生活に関する考察

前回、「二万円超えのピカチュウのぬいぐるみを買うかどうか、激しく悩みチュウ（↑ピカチュウのチュウ）」と書いたが、予約購入ボタンをポチリと押してしまったことをここに告白します。

大人の財力を見せつけてやったぜ……！　だれに対する見せつけなのか、大人としての見せつけどころが「ぬいぐるみ」でいいのか、自分でも疑問だが。

映画『名探偵ピカチュウ』のかわいさをぬいぐるみで表現するにあたって、ポイントとなるのは口なのではないか、と個人的には思っている。その点、当初プレミアムバンダイのホームページに掲載されたピカチュウのぬいぐるみのイメージ写真には、ちょっと納得しきれぬところがあった。黒い糸（たぶん）で口の線を表しているのだが、その線が少々太すぎるように思えたのだ。つまり、くっきり笑顔にしすぎというか。

惜しい！　表情はこちらでさまざまに想像して補完したいから、もう少し口の線を抑え気味にしてほしい！　その「余地」こそが、ぬいぐるみを愛好するものにとって大切な部分なのだ！

にわかぬいぐるみ評論家と化し、「どうしたらこの要望を先方にお伝えすることができるのか」と悶々とする。しかしお客さま窓口に、「当方、自称ぬいぐるみ評論家なのですが、ピカチュウの口の件について提案させていただきたい」などと電話やメールをするのはやりすぎだろう。「主任！　本気と書いてマジなひとからやばい連絡が来たんですけど……！」と先方を怯えさせてしまってはいけない。とりあえず、「口だ……、口について一考を願いたい……」と念を送りつつ、毎日のようにしつこくホームページを眺めていた。

そしたら新たに、「商品サンプルをもとにイメージ写真を撮ってみました」という動画がアップされた。ぬおお、この動画を見るに、当初より口の線が抑え気味になってる！　おかげでピカチュウの表情が豊かになった感がある！　たぶん、バージョンアップした商品サンプルなのだろう。さすが、ぬいぐるみの魅力が那辺にあるかをおわかりになっておる！　まんまとポチリ、というわけだ。

商品開発部に所属しているわけではないのに、ピカチュウのぬいぐるみについて全力で考察する日々だったが、あとはもうかわいいピカチュウの到着を待つのみなので気が楽だ。ピカチュウが拙宅に来てくれても、写真を撮ってどこかにアップするでもなく、ただひたすら一人で動かし一人でアテレコするだけなのだけれど……。いいんだ、ぬいぐるみを愛する楽しみとは、そういうことなんだ。

この一カ月、もうひとつ全力で考察していたのは、「なぜ、街から喫茶店が姿を消し、カフェばかりが増えるのか」ということだ。昔ながらの喫茶店は喫煙可のお店も多いから、やはり最近の風潮には合わないのかなあ、などと思っていた。

近所のネイル屋さんで爪を塗ってもらいながら、ふとそんな話をしたところ、ネイリストさんは言った。

「たぶん、喫茶店の主な客層であるおじさんは、インスタをしないからじゃないですか。若いひとはインスタとかで積極的に発信しますからね。そうすると、『いまはオシャレなカフェのほうが好まれるんだな』となって、顧客の発信力が弱い喫茶店が押され気味というか、魅力が伝わりにくい状況に陥(おちい)ってしまってるのではないかと」

なるほど、説得力がある。新規出店したい経営者サイドとしては、「オシャレな内装、飲食物を提供したら、若者が独自にインスタなどで広めてくれるから、やはり喫茶店よりもカフェだ」と考えるのが当然の帰結というものだろう。だが私は、置いてある新聞や週刊誌を読みながらダラダラできる、オシャレさ皆無の喫茶店も好きだ。これ以上なくなってほしくない。

そこで、喫茶店に集(つど)うおじさんたちにもインスタをしてもらえばいいのではと思ったのだが……。おじさんはインスタにどんな写真をアップするのだろう。枯れ枝、アスファルトのひび割れ、アパートの軒下に干したラクダの肌着、その肌着を取りこみ忘れて雨に濡れてしまったところ、かわいがって育ててるサボテン、たまに猫、など？　二周ぐらいまわって逆にオシャレな気もするが、若者の心に訴えかけるものがあるかというと、微妙だ。タピオカミルクティーに対抗し、近所の池で発見したカエルの卵をアップするおじさん。

……だめだな、こりゃ。おじさんも私も、なにもアップすることなくサボテンに水をやったり、ぬいぐるみにアテレコしたりするほかない、と結論づけた。せめて、「喫茶店もちゃんと街に存在しつづけますように」と念を送ろう。

と思っていたら、「最近は特別にオシャレではない日常をインスタにアップする若者も増えている」とテレビでやっていた。おお、おじさんと私に朗報！　そうだよなあ、オシャレさを発信するって、常に他人の目を意識することだとも言えて、日常生活でそんなにずっと気を張っていたら疲れてしまうこともありそうだもの。「ピカピーカ！（そういうときこそ、喫茶店でダラーッとするといいよ！）」。ぬいぐるみは到着していないが、アテレコしてみた。

## 頼れるものは……

片手鍋のうえに丼を重ね、軽く水に浸けておいたら、丼が片手鍋にスポッとはまり、両者合体してどうしてもはずれなくなってしまった。片手鍋の縁から四センチほどはみだした丼をつかみ、ぐいぐい引っぱってみるがビクともしない。

すべりをよくするため、両者の境界に台所用洗剤を流しこもうとしたのだが、頑として受け入れる気配がない。運命の恋人同士のようにぴったりフィットしてしまっている。これはもう、両者は「新たなるなにか」に進化したのだと観念し、永遠に合体させたまま、あるときは「丼のはまった片手鍋」という調理器具として、またあるときは「片手鍋にはまった丼」という食器として、活用するほかないのか?

シンクの縁に両手をつき、しばしがっくりとうなだれる。しかし、「そうだ!」と思いついた。こういうときこそ、男性の筋力を拝借しようではないか。

とはいえ残念ながら、現状(というかいつもだが)、我が身辺に男性の影はなく、唯一、EXILE一族の十分の一ぐらいは筋トレが好きなんじゃないかなと思われる弟も、たとえ私が

ＬＩＮＥで助けを求めたとしても既読スルーで応じるのは確実（ツンというか、私および私の片手鍋＆丼に微塵も興味がないのである）。しかたがないから、近所に住む七十歳オーバーの父（筋力……？）に電話し、助太刀を願った。

老父は娘を見捨てなかった。ややあって拙宅に登場した父は、片手鍋と丼を引き離そうとふんふんがんばった。やはりビクともしなかった（筋力……）。

「マメに食器を洗わないから、こんなことになる！」

「『お父さんに任せておきなさい』って自信満々だったくせに！」

と、醜い言い争いが勃発する。

そもそも私がまちがっていた。この局面で頼るべきは男性でも筋力でもない、知恵だったのだ。なおも力任せに片手鍋と丼の仲を裂こうと奮闘する父をよそに、私はグーグル先生におうかがいを立てることにした。

「いくらグーグルだって、ここまで些末な事柄に対する解決策は持ちあわせていないだろう」

と言う父を、

「わかんないよ〜。グーグル先生はなんでもご存じだもん」

とあしらいながら、「片手鍋　丼　はまる　取れない」とスマホ画面に打ちこんでみた。すると、「食器がはまったとき、どうすればいいか」についての解決策が、ずらりと表示されたのである。

「ほら！　ほら！　こんなに！　私たち孤独じゃなかったんだね！」

「なんと……、食器がはまって困ったことのあるひとが、これほど世の中に存在するとは……！」

と大興奮する私と父。

グーグル先生が提示してくれたアドバイスのなかで、今回のケースに一番効きそうなのは、「大きい鍋で、風呂よりちょっと熱いぐらいの温度の湯を沸かし、片手鍋を浸ける。そのとき、はまった丼には氷を入れる。すると、片手鍋内部の空気は湯であたためられて膨張し、反対に丼の表面は氷で冷やされて縮むので、片手鍋をひっくり返して底を軽く叩けば、丼がスポッとはずれる」だった。

「なるほど、頭いいひとがいるもんだねえ」

「よし、すぐに試してみよう」

ということになり、大鍋で湯を沸かしはじめた。ところが父はせっかちなので、まだ全然ぬるいのに、片手鍋を大鍋に浸けようとする。

「もうちょっと待ったほうがいいよ。なんかイメージ的に、一気にシュゴーッと内部の空気をあっためたほうがうまくいく気がする。ほら、機関車みたいな感じで」

「そうか？　だって、風呂よりちょっと熱いぐらいが適温なんだろ？」

と、大鍋に指をつっこむ父。「あちっ！　ダメだ、これが風呂だったら、お父さんは絶対に入ることができない。やっぱり片手鍋の浸けどきだ！」

「いま、ずいぶん堂々と指をひたしてたじゃないかー！　まだぬるいって！」

やんやと騒ぐうちに、大鍋から湯気が立ちのぼり、本格的に機が熟した。

「ちょっとドキドキするな」

待ちかねていた父が、大鍋に片手鍋を半分ぐらいまで浸ける。「ほら、氷を早く丼に！」

「よしきた！」

と冷凍庫を開けたら、製氷室に氷が八個ぐらいしか転がってなかった。すべて丼に投じる。

「これじゃ冷やすまもなく、すぐ溶けちゃうぞ。もっとないのか？」

「うん……」

「おまえは晩酌ばっかりしてるから……！」

「たまたま切らしてただけだってば！」

と、またも醜い言い争い。

とにかく数分後、湯から引きあげた片手鍋をひっくり返し、父が包丁の柄(え)でトントンと底を叩いたところ、丼は無事にはずれました。

「やったー！」

と快哉を叫ぶ私の横で、片手鍋のなかに溜まっていた蒸気がドバーッと手にかかった父は、

「あちちちち！」と情けない悲鳴を上げていた。

ありがとう、（主にグーグル先生と）お父さん！

追記：現在、父は座骨神経痛でよぼよぼとしか歩けず、もちろん踏ん張りもきかないので、片手鍋と丼の仲を裂くことはもちろん、ジャムの瓶蓋を開けることすらできない。両親ともに体のあちこちにガタが来ており、近づく老老介護の足音に震えている。なんか景気のいい話はないのかと思うが、まあしょうがない。生きていれば必ず老いる我々だが、足腰や筋力が衰えても、グーグル先生があれば大丈夫だ（そうか？）。
そもそも、いまより若い時分の父がなにかの役に立った例があるかというと、ない。役に立つかどうかでひとを判断するのは誤りだ、と本人も思っているふしがある。それはたしかにそのとおりだと私も思うが、ふつうもうちょっと、「役に立つ人間」っぽさを演出したくならないか？　父は、「周囲から期待されないよう、ダメ人間ぶりを貫く」という、強靭な精神の保持者だ。「あのひとに言っても無駄だから」と期待されないのをいいことに、庭に生い茂る草を見て見ぬふりしている。たまには草取りしろ。あ、座骨神経痛だから無理か。

## 異常気象が憎い

先日、近所の商店街に自転車で買い物に行ったのだが、帰り道で突然の豪雨に見舞われた。もう、あたりが真っ白にけぶってしまうぐらいの雨だ。
「あわわ、まえが見えん」と思った瞬間、自転車のハンドル操作を誤り、道端に停めてあった自転車（無人）に突っこんでしまった。路駐自転車が倒れ、私自身は転倒は免れるも、大幅に体勢を崩して左足を地面につく。

しまった、こりゃいかん。私は倒してしまった路駐自転車をもとに戻し、故障してなさそうなことをざっと確認したのち、再び自分の自転車にまたがって大雨のなかを漕ぎだした。

その直後、左足の親指がめっちゃ痛みだした。もう、雨粒が当たるだけで「ひぃーっ」て声が出るほど痛い。おそるおそる視線を向けると（ビーサンを履いていた）、爪のあたりからじゃんじゃん血が出てる。ていうか、その血も出た端から洗われるほどの雨なもんで、よく見えないけど、そもそも爪がなくなくない⁉

そう、自転車に突っこんだときか、地面に引っかけたのかわからぬが、私の左足の親指の爪は、まるごと剝がれてしまっていたのだ。

事実を認識するとますます痛みが激しくなり、

「ひー、こりゃ痛い……！　いやほんとに痛い……！」

とうめきながら自転車を漕いだ。べつに泣きたくないのだが、涙が自動的にこぼれる痛さだ。どうするべきか、ひとまず帰宅してから落ち着いて考えようかと思ったのだが、あまりの痛さと精神的衝撃に、帰路の途中で方針転換を決めた。無理！　これはいますぐお医者さんになんとかしてもらいたい！　もう夕方だったので診療時間ぎりぎりだが、自宅近くの皮膚科に自転車で乗りつける。爪（はないが）も皮膚の一部だろうから、皮膚科でオッケーなはずだ。

ずぶ濡れの河童みたいになって、足の爪（はないが）からだらだら流血しながら医院に入ってきた私を見て、受付の若い女性がおののいていた。しかし、なりふりなどかまってはいられない。

「突然ですみませんが、いてて、爪が剝がれたっぽいので、ひーたまらんいてぇ、どうか診ていただけないでしょうか！」

人間、切羽詰まると荒い言葉づかいが混入してしまうものらしい。私の迫力に気圧されたのか、すぐに受付してくれて、診察室に通された。

皮膚科の先生は初老の男性で、優しく親切だった。私の事情説明を聞きながら、足もとに深

くしゃがみこみ、

「あちゃー、これは痛いね。んんん？」

と眼鏡を取った（老眼で患部がよく見えなかったらしい）。舐めんばかりの距離まで、爪先に顔を近づける先生。

「うん、全部取れてる！　爪、なくなってる！」

やめて……。お医者さんに改めて宣言されると衝撃が大きく、ふぅーっと意識が遠のきかけた。だが、拷問死した小林多喜二の苦しみを思えば、こんな程度で気を失ってる場合ではない。ほんとまじで、ひとを拷問にかけるようなやつはクソだ！　爪一枚でも信じられんほど痛いしショックだぞ！

「あの……、どうすればいいのでしょうか」

「しばらくは軟膏を塗ってガーゼ当てて、あとは爪が生えてくるのを気長に待つしかないです。本当に災難だったね」

　先生は親身な同情を示しつつ、痛み止めと軟膏の処方箋を書いてくれた。

「あと、うちは皮膚科なんで、レントゲンがなくてね。足の親指の爪がまるごと剝げるなんて、相当の衝撃がかかったはずだから、骨が折れててもおかしくないです。腫れてくるようだったら、整形外科で診てもらって」

「はい。ありがとうございました」

薬局で薬をもらい、ひーひー言いながら、やまぬ大雨のなかを自転車でようやく帰宅。

その晩、左足の親指のつけ根から足首にかけて、まんまと腫れる。しかも、なんだか熱まで出てきた。あと、ガーゼを貼り替えるのが苦行。患部を直視すると、思わず「ひぃーっ」と声が出るほどの気持ち悪い状態になっている（描写は差し控える）。

ショッカーみたいにひーひー言いながら夜を過ごし、翌朝、つっかけサンダルを履いて整形外科へ行った。

これまた初老の整形外科の先生は、床に這（は）いつくばるようにしてまじまじと患部を眺めたのち、

「こりゃあ、親指の爪が全部剝げてる！」

と言った。それは知ってます……。

レントゲンを撮ってもらい、先生の診断を待つ。先生は私の足のレントゲン写真を見て、

「ヒビぐらいは入ってると思ったんだけど、全部無事！　あなた、頑丈な骨をしとりますなあ。いや、すでに充分痛いでしょうが、骨はなんともなくてよかったね」

と言った。そっかー、骨太だねってよく言われるもんなー。

後日、軟膏をもらいに再び近所の皮膚科に行き、骨について先生に報告すると、

「ええっ、ヒビも入ってなかったの⁉　骨が丈夫でよかったねえ」と感嘆された。二人の先生にそこまで言われるって、私の骨は鋼(はがね)か。頑健すぎるのもちょっと恥ずかしいよ。

今回のことでわかったのは、「お医者さんというのは、痛がる患者に負担をかけまいと、患部を診るために率先してアクロバティックな姿勢を取ってくれる職業意識の高いひとたちである」ということだ。こちとら高僧でもないのに、あんなに額(ぬか)ずかれては恐縮だ。

追記：爪が剝げ飛んでも、直後の数秒は痛みを感じないとわかったのが、この経験から得られた「よかったこと」だ。よくないよ。私の痛覚が人並みはずれてにぶい、という可能性も否定しきれないが、たぶん「これは危険なレベルだ」と判定した体が、痛みを感じる神経を瞬間的にシャットダウンするのではないかと推測する。すぐに再起動されて、激痛を味わうわけですが。

理解に苦しむのは、爪を剝ぐ拷問をするひとの心理だ。ものすごく痛がってるひとの爪を、平然と何枚も剝ぎつづけるなんて鉄の意志としか言いようがなく、「痛そうだな、やめといてあげようかな」と感じる人間的な神経をシャットダウンしてしまっているということなのだろう。爪が剝げるよりも、そっちのほうがずっとおそろしい。

# 言葉にできない

〈前回のあらすじ〉足の親指の爪がまるごと剝げ、拷問死した小林多喜二の苦しみと痛みの百万分の一ぐらいは実感できたような気がしたのであった。〈あらすじ終わり〉

その後、吾輩の爪（はないが）がどんな調子かというと、二週間ほどで痛みは大幅に軽減された。傷口から分泌されていたオオサンショウウオみたいにぬめぬめした謎の体液も止まり、吾輩の左足の親指は高原の気候のごときさわやかさを取り戻した。なりゆきで二人の先生（皮膚科と整形外科）に診てもらったのだが、異口同音に「全治二週間！」と言っていたのは正しかったのだなと、改めてお医者さんへの尊敬の念が深まる。

生まれてはじめて外気に触れた、いままで爪に覆われていた部分の皮膚。ナイストゥーミーチュー、空気！　爪の赤ちゃんみたいなものも、ちょこっと顔を出してきたよ。ナイストゥーミーチュー、マイベイビー！（ちがう）

ここに至るまで、シャワーを浴びるのも一苦労であった。まあ、私はたまにしかシャワーを浴びないのだが、水滴が当たると耐えられないほど痛むため、立ったまま常に左脚を上げて頭や体を洗うという、難度の高いシャワー術を駆使せねばならんかった。しかし、いまはもう余裕ですよ。出張先のビジネスホテルで異様に水圧の高いシャワーに出くわしても、「はっはっ、戯れかかってきよって」と、親指を叩く水滴を剣豪のように軽くあしらえます。

とはいえ、無意識のうちに左足をかばって歩いていたからか、今度は腰というか尾骶骨が割れそうに痛い。特にタクシーや電車の座席、パイプ椅子が鬼門で、浅くしか腰かけられないし、立ちあがるときに相当の覚悟がいる。「シートベルトに反発して背すじをのばしつづける、妙に姿勢のいいひと」として粛々とタクシーに運ばれるしかなく、運転手さんに怯えられている。私もできることなら背もたれに身を預けたいのだが、そうすると二度と立てないし、シートベルトも本当は装着したくないぐらいなのだ。

さて、怪我がおおむね順調に回復したある日、ひさしぶりに自宅から徒歩三分のコンビニへ行った。買い置きの食材がとうとう底を突き、しかしあまり重いものは持てないので（腰痛）、とりあえず冷凍食品かなにかで急場をしのごうと思ったのである。

よぼよぼと歩を進め、通常の二倍ほどの時間をかけてたどりついたコンビニは……、ソ連崩壊直前のモスクワの食料品店のように棚がすかっすかだった。冷凍食品はもとより、パンもカップラーメンも弁当も、めぼしいものはほとんどなにもなかった。

なっ……、どういうこと⁉　私が家に籠もってるあいだに、なにが起きたんだ。ものすごく

いやな予感がし、かろうじて残っていた缶コーヒーをレジに立っていたおばちゃんに差しだしつつ、

「あの……、もしかしてこのお店……」

と話しかけた。おばちゃんはみなまで言わせず、哀愁漂う表情で、

「詳しくは、あそこに書いてあります」

と出入り口のドアを指す。

とても口では説明できないような、複雑かつ残酷な事態がこの店に襲いかかってきたのだろうか。私は痛む足腰を引きずり、レジからドアへ向かった。たしかに、ガラスの自動ドアに小さなメモ書きみたいなものが貼られている。だが、自動ドアは当然、私が近づくと開く。メモもドアと一緒になってスライドしてしまう。

おい！　読めないだろ！　ドアからちょっと距離を取り、閉まったところでメモを読もうとしても、字がちっちゃすぎて見えないし！

できるかぎり首をのばし、目をすがめて何文字か読み取っては、ドアが開いてしまい急いで体を引っこめる、ということを何度か繰り返す。出来の悪いコントか。

ようやく全文を読み取れたメモには、

「○月○日をもって、当店は閉店します。短いあいだでしたが、ご愛顧ありがとうございまし

た」

といった旨が書かれていた。

よぼよぼとレジに戻り、缶コーヒーを会計してもらう。

なんで口で言わなかったんだ……！　「へいてん」の四音をなぜ省エネ！　あと、自動ドアに小さいメモを貼っても、そんなのたぶん大半のひとが気づかないし、気づいたとしても物理的に読めないから！　自動ドア、文字どおり自ずと動いちゃうから！　こういう、客のことまったく考えてない経営方針のせいで、この店の売り上げはいまいちアレだったんじゃないのか……！

と思ったのだが、おばちゃんがあまりにも哀愁漂う表情だったので、むろん、

「残念ですね……。とても便利で助かっていたのですが」

と言うにとどめた。おばちゃんは、

「本当にすみません、力及ばずで……」

とため息をつく。

ごめん、おばちゃん。私が浅はかであった。そうだよなあ、口にはとうてい出せないほど衝撃かつ無念ってこと、あるよな……。メモの小ささも、あえて読みにくい場所に貼ったのも、無念さの表れなのだろう。

よぼよぼよぼと家に帰り、いつも以上に苦さを嚙みしめながら缶コーヒーを飲む。うん、おばちゃんの気持ちはわかるが、さすがにコーヒーでは腹はふくれないぞ。ペレストロイカ！

追記：本書タイトルにある「しんがり」という単語と同じぐらい、お若いかたにとっては意味がわからないのではと思われるのが、「ペレストロイカ」だ。

連載時には担当編集さんが、「ペレストロイカって……、いまとなってはあまり目や耳にしない言葉なのでは」と案じていたし、単行本化作業の際にも校閲さんが、「もうちょっと説明が必要なんじゃないかな」と気を揉んでくださったようで、ペレストロイカ関連の資料がゲラ（校正刷り）に添えられていた。私はそのなかにあったモスクワのスーパーの画像を、「おおー、なつかしい。見事に棚がすかっすかだ」と、ひとしきり眺めた。そののち、「まあ、ペレストロイカの説明はいらんじゃろ」と判断し、文章に手を加えることは特にしなかった。

いや、加筆修正が面倒くさかったわけでは決してない。たぶん、お若いかたは歴史の授業で習ってるだろうし、辞書引いたりグーグル先生に聞いたりって手段もあるし、そもそも私、「ペレストロイカ」がなんだったのかを正確かつ明快に説明できる自信ないし。いやいや、「詳しく調べるの面倒くさいな」なんて決して思ってないって。ペレストロイカ！

# チャームの奔流

みなさまお気づきではないかもしれませんが、この連載が単行本になりました（註：二〇一九年刊のシリーズ一冊目、『のっけから失礼します』のこと。現在は集英社文庫として発売中なので、気が向かれましたら、お手に取ってみてください。ステマ）。「いや、誌面欄外のプロフィール部分に書いてあるから気づいてたよ」というかたもいらっしゃるでしょう。私は老眼がいよいよひどくなってて、プロフィール欄の文字が小さくて読めない！　某拡大鏡のCMのように叫んでしまうのだが、まあとにかく本になったのです。

しかし肝心なのはそのことではない。本が出たらありがたいことに、「新刊インタビュー」のオファーがいくつかあって、

「毎月、ネタを探すのは大変なんじゃないですか？」

と何人かのライターさんから質問されました。わたくしそのたびにドヤ顔で、

「いえ、いくらインドア派といえど、一カ月もあれば一個ぐらいはなんらかの出来事に遭遇するので、大丈夫です」

と答えてきたのです。

ところが今回、まじでなんにも書くことがない！　なにが「大丈夫」だ、嘘を答えてしまったよ。

というわけで、拙著と某拡大鏡の宣伝がはじまったのかと思いきや、実は本当にお伝えしたかったのは「ネタがない！」ってことなのでした。いやはや、まいったなあ。最近、「ラスト三分、あなたを衝撃の展開が待ち受ける」的な映画の煽り文句が散見されるが、それで行くと「冒頭四百字、驚きの展開」だ。驚きの訪れが早すぎるうえに、残念な驚きである。

どうしてネタがないのかは明白で、『名探偵ピカチュウ』のＤＶＤが拙宅に届いて以降、毎日二回ぐらい見てしまっているからだ。ご飯を作りながら、食べながら、食器洗いや掃除をしながら、ピカチュウを鑑賞してにまにまする。掃除用のコロコロ片手に、「きゃきゃきゃきゃきゃわゆ……！」と奇声を発して昇天することもしばしば。こんな生活では外出しないどころか、だれかと会うことすらなく、そりゃあネタもなくて当然だ。

あとはひたすら原稿を書き、たまに三代目 J SOUL BROTHERSのコンサートへ行く日々だった。え、待って。ピカチュウのチャームにやられて引きこもりになってる私を外出させる力があるのは、三代目だけってこと？　それはつまり、かわいさのレベルが「三代目＞ピカチュウ」ということなのか？

……三代目はピカチュウみたいにもふもふしていないし、一般的には「かわいい」よりも「かっこいい」と形容される事象（？）だろう。かわいくもあるけれど。あ、本心が漏れてしまった。しかし「かわいくもある」と感じるのは私だけではないらしく、先日名古屋で行われたドーム公演では、隣の席にいた大学生ぐらいの男性三人連れが、三代目メンバーの笑顔にやられて「か、かわいいー！」と黄色い声を上げていた。それまでは繰り広げられる歌や踊りに、ドスのきいた声で「やべえ！」を連発していたのに、笑顔の威力をまえにとうとう理性が決壊してしまったもようだった。「かわいい」とキャッキャとはしゃぐ三人を見て、「うん、そう言うきみたちも相当かわいいぞ」と心があたたまる。コンサートに行って楽しいのは、ご本尊たち（私のなかで三代目は尊い仏像のようなものと位置づけられている）のきらめきをじかに浴びられるのに加え、ファンのみなさまのビビッドな反応を見られることにもある。

かわいい（あるいはかっこいい）って最強だなと思う。ピカチュウや三代目のかわいさ（あるいはかっこよさ）のおかげで、引きこもったり外出したりはしゃいだり、大学生男子も私もおおわらわになるわけで、いともたやすく気持ちを揺さぶられてしまうほどのおそるべき力だ。「気持ちを揺さぶる力」については、今回の三代目ツアーのオープニング演出でつくづく実感したことがある（ＲＡＩＳＥ　ＴＨＥ　ＦＬＡＧツアーのネタバレなので、未見のかたはお気をつけください）。メンバーがキメ顔で玉座に座り、紙吹雪舞うなか移動式ミニステージでアリーナ外周をまわるという、「しょっぱなから心臓に悪すぎるよ！」としか言いようのない登場のしかたをするのだ。ＥＸＩＬＥ一族のいろんなコンサートを見て気づいたのは、「一曲目から『アンコールか？』という勢いで攻めてくる傾向にある」ことで、拙者のような老体では持ちこたえきれないときがありますので、もう少しお手柔らかに願いたい。あまりのきらめきとありがたさで寿命がのびながら縮む、という特異な体験に息も絶え絶えだ。

それはともかく、「王の帰還」って感じで行進する超絶かっこいい姿を見て、「皆川博子さんが小説のなかで、『出陣学徒壮行会が明治神宮外苑の競技場で行われたとき、集まった女学生はあまりの悲愴感に昂ぶりを感じた』という旨を書かれていたのは、こういうことか……！」と痛感したのである。いや、三代目はどこにも出征しないし、してもらっちゃ困るが、度を超したかっこよさ（あるいはかわいさ）って、実はけっこう危険を秘めてもいるなと思った。本来なら、「戦争やめろ」と言うべき局面でも、ついつい目くらましされて、「かっこいいー（あるいはかわいいー）」ととろけちゃう、という事態も、たしかに起こり得るだろうなと。

まさか三代目コンを見て明治神宮外苑に思いを馳せることになるとは予想していなかったが、たとえピカチュウや三代目レベルのチャームが迫ってきたとしても、戦争には「否」と言える自分であらねばならぬ、と胸に刻んだのだった。

# 移ろいの季節

一年が経てば、どんなにいやでも冬はまた来る。私は先日、起床して部屋があまりにも寒かったので、「あーあー、あたしはやっぱり夏が好きだよ！」とかなりの声量で独り言を言ってしまった。夏は夏で、暑さにぶうぶう文句を言っているが、しかし「冬が早く来ればいいのに」と思ったことはない気がするので、やはり基本的には夏のほうが好きなのだろう。

まあ、季節はいずれ移ろい、冬もいつかは春になるのだから希望が持てる。だが私は最近、「永遠の冬」とも言うべきものを身近で目撃しつつある。「老い」だ。両親の老化がどんどん進んでおり、当然ながらここから盛り返して「若さ」すなわち春が再びめぐりくるとは考えられず、「えー、どうすんのこれ」とやや絶望的な気分だ。

先日、電話をしてきた母が、

「テレビでやってたんだけど、ポツリヌス菌は季節を問わずにいるらしいから、あんたも食べ物には気をつけなさいよ」

と言った。ご忠告はありがたいが、

「うん、それはたぶんボツリヌス菌だね」

と訂正せずにはいられなかった。

なんだよ、ポツリヌスって！　激しい食中毒を引き起こすはずの細菌を、「さびしいローマ皇帝」みたいな名前に勝手に改変するのやめてくれよな。

またべつの日、自宅でご飯を食べていたら、突如として玄関が開く音がし、

「おーい」

と父が呼んでいる。あやつ、またインターフォンも鳴らさずに鍵を開けて侵入してきおった、と思うも、食事が佳境を迎えていたので無視していると、

「おーい、ここに『あったか眉毛』が落ちてるぞー」

と父は廊下からなおも呼ばう。

うるさいなあ、もう！　それは落ちてるんじゃなくて、あとで洗面所に持っていこうと思って置いておいたんだよ。ちなみに「あったか眉毛」じゃなくて、二〇一九年十二月号の「ＢＡＩＬＡ」の付録、長井かおりさん監修の「〝あったらいいな〟天才眉ブラシ」だよ！　眉毛をあったかくしてどうすんだ。

両親に共通するのは、「視力が衰えて、テロップなどの文字がよく見えない」「しかし自信満々で独自解釈を繰り広げる」ということで、結果としてトンチキ世界を力業で出現させるの

だ。「ポツリヌス」「あったか眉毛」程度ですむうちはいいが、老いが進行するにつれますます理解不能のトンチキ世界が到来するんだろうなと思うと、ため息で酸欠になりそうだ。
と書いていてふと気づいたが、両親の「言いまちがい（というか読みまちがい）」や「世界に対する独自解釈」は、もしかしたらチビッコがときとして炸裂させる愛らしい言いまちがいや、大人にとっては非常に新鮮な、世界に対する認識と似ているのかもしれない。

　チビッコは言語をまだうまく操れないし、「常識」という枷をはめられるまえなので、感じた世界についてのびのびと表現する。老人もまた、視力や記憶力が衰え、なおかつ「常識」からも解き放たれるので（加齢により、ひとはだんだんずうずうしく大胆になる傾向にある気がする）、自由奔放な発言＆振る舞いをしはじめるのではないか。

　そう考えると、「老い」とは決して悪いことばかりではないし、「老い＝永遠の冬」と冒頭で書いたが、実は「老い＝季節が一巡し、春に還る」ということなのかもしれない。やや希望が見えてきた。両親はいま、再びの春を迎えつつあるのだと思えば、トンチキ世界の猛攻も受け流せる心持ちになる。春の勢いを駆って、そのまま夏に突入していってほしいものだが、チビッコとちがって夏は永遠に訪れないところが、またため息ではあるけれど。

　さて、拙宅に勝手に侵入してきた父としゃべっていたところ、父が自分の父親（私の祖父）にあまり好感を抱いていなかったことが判明した。

「中学高校のころは特に、親父のことがだいっきらいで、一言も口をきかなかった。あれはなんだったんだろうなあ」

と父は首をかしげている。

「それ、多くのひとが体験するであろう単なる反抗期だよ！」

と、私はついツッコんでしまった。「感じやすいお年ごろだから、親にも反発するんだよ」

「そうかー、あれが反抗期だったのかー」

父は高校から親もとを離れて暮らしていたので、反抗期を反抗期だとうまく認識できず、その後も自分の父親と親しく話す時間を持てぬままだったのだろう。私は「親と仲良くあらねばならない」とはまったく思わないが（親子といえど別人なのだから、当然性格が合わないことだってある）、理解しあえたかもしれぬ機会を逃したまま終わったというのは、ちょっと切ないなと感じた。しかし、腹を割って話したらますます仲が悪くなり、殴りあいの喧嘩に発展、という事態になった可能性だって否めないので、まあ「遠きにありて思うもの」ぐらいの距離でよかったのかもとも言える。

さまざまなものが移ろう。なかには二度と取り戻せぬもの、取り返しがつかぬものもあるが、それはそれでいいのではないかという気がする。すべて満たされ、悔いがひとつもない一生なんて、もしあったとしたらきっと退屈だろう。

拙宅にあったきれいなお菓子の空き箱を父にあげたら、父はご満悦で帰っていった。最近気づいたのだが、父は「箱」が大好きなのだ。なんで？　なにに使うの？　近所に住んでいても、相互理解はむずかしい。


追記：最近の夏はいくらなんでも暑すぎる。さしもの私も冬派に転向しそうだが、「何枚もの衣服を着脱しなきゃならん手間を、貴様はどう考えるんだ」と自分を問いつめ、なんとか踏みとどまっている。どんだけ衣服の着脱がきらいなんだ。

　父が箱をなにに使っているのか判明した。箱のサイズや形状に合わせて、各種文房具、小物類、スマホなどのコード類をぴちっと収め、それらの箱を棚にぴちっと並べていた。父の部屋はどちらかといえば整理整頓ができていない印象なのだが、どうして箱収納にだけそんなに几帳面なの⁉　なんとなく『魍魎の匣』（京極夏彦／講談社）が連想されもして、ちょっと怖いんだけど。

　怯える私をよそに、今日も父はどの箱になにを収めたかわからなくなって、棚から箱を引っぱりだしては開けまくっている。リスなのかよ。収納法としては悪手だ。近ごろでは、「紙箱はいらない。お父さんは木の箱のほうが頑丈で好きだ」などと注文をつけてくるようになった。しかし、タヌキの絵が描かれた紙箱を見せたところ、「ちょっとかわいすぎるな」

と言いつつ気に入ったらしく、いそいそと収納するものを探していた。

そこに山があるから登るように、そこに箱があるから収納せずにはいられない、ということなのだろうか。この謎の性癖（?）に、母は気づいていなかったらしい。なので、「見ててね」と母にこっそり言ってから、父に箱を進呈した。

「ほんとだ、なんかにやけてる……!」

怯える母をよそに、父は受け取った箱の蓋を開けたり閉めたりし、底の強度も確認して、さっそくなにを入れるか考えているようなのだった。

母の感想は、「いやあねえ」だった。夫婦であってももちろん、相互理解はむずかしい。

## 愛ある生活

みんな、聞いてくれ！　昨年末（二〇一九年末）に、『名探偵ピカチュウ』のぬいぐるみ（予約注文、尻尾など可動、二万円超え）がとうとう届いたんだ！

ドキドキしながら箱を開けたら、なかから愛くるしいことこのうえないピカチュウが登場し、「きゃわわわー!!!」と叫んで抱きしめてしまった。さすが限定生産の逸品だけに、ピカぬい、予想以上にかわいかった！　懸案だった口を表す黒い糸も、ちゃんと細めだったし。もっふもふで、耳もお手々も尻尾もぐいぐい動くうえに、ちっちゃい足がとってもキュート！

理性を喪失し、さっそくピカチュウと一緒に自撮りした写真を友人たちに送りつける。孫の写真を年賀状にプリントするじいちゃんばあちゃんの気持ちがよくわかる。

「かわいいでちゅねー」

「まあな、それほどでもあるさ。ところで俺の寝床はどこだ？」

ピカぬいと会話していたところ、友人たちから、

「かわいい！（ピカチュウが）」

「でも想像より大きいね！」

といった返信が届く。友よ、俺の自慢につきあってくれてありがとう！

そうなの、「等身大」と銘打たれたこのぬいぐるみ、予想以上にかわいいと同時に大きくて、一瞬、「え、ピカチュウとしての等身大じゃなく、人間としての等身大なのかな⁉」と思ったほどだった。少なくとも生まれたての人間の赤子よりはずっと大きい。映画『名探偵ピカチュウ』で、主人公のティムがピカチュウを軽々と肩に乗せていたが、実際にこの大きさのピカチュウを乗せたら肩が凝ると思う。ティム役のジャスティス・スミス氏は背が高くてシュッとした体形なんだな、ということがよくわかった。

友人の一人が、「おそろいだね！」と、娘さん（小学生）がアニメ版ピカチュウぬいぐるみを抱いた写真を送ってくれた。ま、負けた……！　ピカぬいのかわいさではうちの子だって負けていないが、写真に写っている人間のかわいさにおいてボロ負けだ……！

「ピカぬいといっぱいおしゃべりしようね！　今度、うちに一緒に遊びにきてよ。ピカぬい同士でもおしゃべりしたいと思うし」

と娘さんに伝えたところ、

「え、ぬいぐるみってしゃべれるの？」

と当然の疑問が返ってきた。

「もちろん、心で話しかけてるとしゃべってくれるようになる。いまも、『かわいさで完敗だが、元気出せよ』って、うちのピカチュウに励まされたところだよ」

「そうなんだ！　私もピカチュウと話せるようにがんばるね！」

うぐ、かわいい……（目頭を押さえる）。小学生の女の子も、ピカチュウ以上にかわいいのう……。あと、嘘を教えちゃってごめんな。「心で話しかけて」ないんだ。ほんとは私、声を出しちゃってるんだ。あ、「ぬいぐるみはしゃべる」という点には、なんら嘘はありません。しゃべるよ！

ピカぬいの寝床は、私のベッドということになりました。ええ、同衾しちゃってます、私たち。早くピカぬいに会いたくて、夜の八時ぐらいにベッドに飛びこみ、

「おやすみ、ピカチュウ！」

って横たわった自身の腹のうえにピカぬいを乗せる。

「おいおい、もう寝んのか。もうちょっと仕事しろ（上目づかい）」

「そう思うならかわいさを控えめにしてほしい……！」

「やれやれ、困ったやつだぜ（耳とお手々をぴこぴこ）。食いつめて俺を手放す、なんてことにならないでくれよ（尻尾ではたかれる）」

「きゃわわー！　もうおまえを離さねえ！（がっきと抱く）」

この調子で二時間ぐらいは、ピカチュウと遊びながらベッドで本を読んでいる。頭がおかし……、いやいや正気だ。ピカぬいはしゃべるし、自分で動く！

大丈夫かな、こいつ。と不安にさせてしまったことと思いますが、私はピカぬいのおかげで気合い充分、二〇二〇年もぼちぼちやっていく所存であります。

ほかにも、ＫｉｎＫｉ Ｋｉｄｓの東京ドームコンサートが激よかったし、ＢＵＣＫ－ＴＩＣＫの代々木第一体育館コンサートも最高としか言いようがなかった。キンキもＢＵＣＫ－ＴＩＣＫも余裕で二十年以上コンサートを見つづけているわけだが、毎回、「いまが一番いい！いままでで一番輝いてる！」と思わせてくれる。だから長い期間、多くのひとが応援しつづけるのだなと納得だ。

しかしよく考えるまでもなく、それだけ長い期間、第一線で輝きを増しつづけるというのはとてつもなくすごいことで、やはり大切なのは、音楽への愛、その音楽を表現として観客と分けあうことへの愛なんだなと、つくづく感じた。私は音楽を享受（きょうじゅ）するのみの身だが、それでも生きる姿勢として見習いたいし、私が生きているかぎり今後も彼らのステージを見つづけたい。感激とともに十二分すぎる気合いを注入され、満足のうちにピカぬいと寝正月を送ってしまったほどだ。

「生活態度がぼちぼち以下じゃないか！　起きろ！　キンキさんやＢＵＣＫ－ＴＩＣＫ先輩か

ら、どこをどう見習ったんだおまえは！」

「ごめんごめん、明日っから働くよ〜」

またピカチュウと自然に会話してる。こわいよ自分。


追記：ピカチュウとはいまも仲良しだ。私が一方的にそう思っているだけという可能性もあるが、とにかく私たちの同衾はつづいている。ピカチュウがわの証言も得られたので、「章末おまけコラム　その二」をご参照ください。

当該のおまけコラム、雑誌「小説宝石」（光文社）に掲載されたのだが、その際には本人（ピカチュウ）の写真も載った。むろん、撮影者は私。自宅のソファにピカチュウを座らせ、私は床に這いつくばったり椅子に乗ったり、あらゆる角度からピカチュウのベストショットを狙った。おかげでそのときの担当さんにも、「かわいいですね！」と言ってもらえた。えへへ。そういうわけで、うちのピカチュウ、雑誌デビューもはたしたんですよ。

……なるほど、これが親ばかというものか。

## 「はあ⁉」の連鎖

あいかわらずピカチュウのぬいぐるみ（ピカチュウとしての等身大で、でかい）と同衾し、おしゃべりに興じる日々を過ごしていたところ、我々の蜜月の暮らしに圧倒的危機が訪れた。そういえば私、一週間ほど出張に行かねばならない……！

「そんなに長いあいだ、あなたと離れて生きていける自信がないよ」

私の涙の訴えを聞き、ピカぬいもやや目を潤ませているようだったが（幻覚）、

「甘ったれてんじゃねえ。俺はむしろせいせいするね。おまえが留守にすんなら、ベッドをのびのび使えていいや」

と素っ気なく言った（幻聴）。ああん、ツンなんだからー。

それでも諦めきれず、スーツケースにピカぬいを押しこもうとしてみるも、丸顔なもんでどうやっても蓋が閉まらない。じゃあボストンバッグはどうだ、と入れてみたが、なにせ等身大なので額と耳がバッグの縁から堂々とはみでるうえに、私の着替えや化粧道具を収納する隙が微塵もなくなる。

あんた……、でかすぎるよ……。

「明らかにピカチュウとわかる耳をバッグから飛びださせたまま、すっぴんかつ着たきりスズメでうろうろしてる四十代女性」って、運悪く目撃してしまったみなさまに確実に恐怖を与える存在なのでは、と思い、しかたなくピカぬいをベッドに戻す。出立の前夜は、ピカぬいを抱いて泣き濡れた。しかしすぐにスカーッと安眠。起きたらピカぬいが床に転がっており、「毎晩毎晩、おまえまじで寝相悪くて、迷惑……。もう早く出張いってくれ」

とうんざりした表情だった（幻覚&幻聴）。すいません、いってきます。

そんなこんなで一週間ほどの出張を無事終え、帰宅した私はピカぬいとの涙、涙の再会をはたすことができました。ピカぬいは、「げげっ、一週間て案外早いもんだな」って感じでしたが。ああん、ツンなんだからー。

出張中に使った衣類を洗濯したり、出がけにバタバタしてサボっていた掃除をしたりと、めずらしく家事に取り組んでいたら、つけっぱなしにしていたテレビが強盗事件の報を伝えた。それを聞いた私は、思わず拭き掃除の手を止めた。

アナウンサーの言葉を要約すると、ホテルに押し入った犯人は従業員に刃物を突きつけ、「金を出せばいいから」と言って、レジ内の売上金を奪って逃げたのだという。

「金を出せばいいから」……！　これ以上の、「なに言ってんだおまえ！」「ていうか、おまえが言うな！」「なんで上から目線……！」案件があるだろうか。従業員のかたは怪我をされたそうだし、大変な恐怖と憤りを感じられたことと思う。だから私なぞが叫んでる場合じゃないのだが、どうしても耐えきれず、近隣に響き渡る勢いで「はあ⁉」と言ってしまった。なんなの、犯人のその「咄嗟の一言」……！

たぶん、被害に遭われたかたも、「はあ⁉」と思ったから、駆けつけた警察官に「こう言ってました」と証言なさったのだろう。それを聞いた警察官も、「はあ⁉」と思ったから、「こういう事件があって、犯人はこんなことを言ったそうだ」と記者に向けて発表したのだろう。それを聞いた記者も、「はあ⁉」と思ったから、「犯人は『金を出せばいいから』と刃物を突きつけ」とニュース原稿にしたのだろう。

みんなの「はあ⁉」を連鎖させる、トンチンカンすぎる威力にあふれた言葉、「金を出せばいいから」。強盗などという卑劣な行いをするに際し、なんでそんな言いまわしを選んだんだ。犯人がその後捕まったのかどうかわからないのだが、なにがなんでも捕まえて、どういう思いからその言葉を発したのか、ぜひとも詳しく聞いてほしい。もしかしたら、「とにかく金さえ出してくれれば、危害は加えないから」という必死の思いが言わせたのかもしれず、もちろん、だからといって犯人に同情できるものではないが（実際、従業員のかたは怪我をなさったわけだし）、そういう思いを「金を出せばいいから」という「咄嗟の一言」に結実させたのだとすれば、すごい言語感覚の持ち主だなと思う。トンチン力。

ちゃんと罪を償うことは大前提として、その言語感覚を強盗などではなく、もっとちがうところ（家庭や職場など、ひとづきあい全般）で駆使すれば、犯人の人生も好転するのではないか、などと勝手ながら思いを馳せたのだった。あと、強盗に遭うという絶体絶命の危機に瀕しても、「金を出せばいいから」が宿す「はあ⁉」ぶりに気づけた、被害者のかたの感性の鋭さもものすごい。きっと同僚から頼られる冷静さとユーモアを兼ね備えたひとで、日々をまっとうかつ真面目に生きておられるんだろうなあと、これまた勝手ながら推測した。

「金を出せばいいから」が呼び起こした「はあ⁉」の連鎖は、私にとって、我々が言葉でつながる生き物であることを改めて感じさせるニュースだった。だからこそ、強盗などという暴力的手段に訴えるのは罪なのであり、しかし理不尽な犯罪に巻きこまれたその瞬間すら、言葉がときとして宿すトンチン力を鋭敏に感受するかたがいて、それはやはり、言葉でつながろうとしながら日々を生きる人間の、「希望」の側面を象徴しているなと思う。

ちなみにピカぬいは今朝も床に転がっており、「はあ⁉　おまえほんといいかげんにしろよな」と言ってました。すまん。なるべく早く、また出張の予定入れるようにするから！

# 心にも栄養は必要だ

「うどんすき」をはじめて食べた。

ピカぬいの要請により（詳しくは前回参照）、なるべく自宅を空けなきゃならなくなった私は、大阪に一週間ほど出張することにした。……厳密に言うと、「出張」というのはちょっと嘘で、昼間はホテルの部屋で仕事し、夕方からは京セラドームで開催されたＥＸＩＬＥ一族のコンサートに連日のように参戦してたんですの。ええ、ええ。ピカぬいの要請とは関係なく、去年から「行くぞー！」って心に決めて、この連日参戦に備え、スケジュールも心身も万全の調整をしてきたんですの。ええ、ええ。

うっかりすると私がＥＸＩＬＥ一族としてステージで歌い踊るのかな、というほどの調整ぶりだったとひとは言うが、それはまあいい。一族のコンサートがきらめきに満ちてて、「もうなんも見えねえ……（双眼鏡でガン見したけど）」ってなったのも言うまでもないことだろう。

問題は、うどんすきだ。大阪に住んでる友だちが、日中はホテルに籠もりっぱなしの私を気にかけてくれて、「せっかくだからお昼にうどんすき食べよう」と誘ってくれたのだ。「わーい、食べる！」と喜んで答えたものの、実は私、うどんすきってどんなお料理なのか、まったく見当がつかなかった。大阪在住のかたにとっては、知らないなんてありえない料理だろうと思うし、私ももちろん名称は聞いたことがあったのだが、では具体的にどんな料理かと聞かれても、なにもわからない。

　あまりにも楽しみすぎて、うどんすきを食べにいく前夜、ホテルのベッドで想像をめぐらす。うどんすきとはもしかして、すき焼きにうどんが入っているのではないか？　え、でもそれって、「すき焼きの締めのうどん」とどうちがうの？　と思ったのが、就寝まえの最後の記憶である。ぐーぐー（いびきと腹の鳴る音）。

　友だちと待ちあわせ、うどんすきを考案したという「美々卯（みみう）」さんに行った。テーブルに埋めこまれたＩＨコンロのうえに、大きな洗面器のような形状の銀色のお鍋が置かれる。なかには白出汁（しろだし）っぽい薄い色のお出汁が入っている。これは……、明らかにすき焼きとはちがうぞ!?

　脳内うどんすき画像にバッテンをつけていたら、店員さんが具材を運んできた。塗りの箱がふたつあって、ひとつにはうどんが、もうひとつには野菜やらお麩（ふ）やら鶏肉やらハマグリやらがうつくしく詰められている。「うわあ、きれい！　おせちみたい！」とテンションが上がり、めったに料理の写真など撮らないのに（撮るまえに食べてしまうから）、スマホでぱしゃぱしゃ撮影。友だちが「カキも入れるとおいしいから」と追加してくれた。

ふつふつとお出汁が煮立ちはじめたところで、店員さんがうどんを鍋に投入。まっさきにうどんなのか。これはやはり、「締めのうどん」とはまったく別物だ。さらに、具材も丁寧に鍋に入れてくれる。

なるほど、うどんすきとは、うどんの入った寄せ鍋であったか！　具材にほどよく火が通ったところでいただく。おおおおいしい！　お出汁と具材それぞれの味が渾然一体となって腹に染みわたり、こりゃたまらん。うどんがだんだんくったりして、お出汁が染み染みになるのもまた、舌にも胃にも顎にも優しい……。

こんなおいしいものを四十年以上も知らずに過ごしてきた私はバカである。「また食べたい！」と食べ終えた直後に宣言。大阪ってほんとに食文化がすごいですよね。しかも、ひとを緊張させないおいしさなところがいい。うどんすきも、ものすごく神経を配ってお出汁を取ったり下ごしらえをしたりしていると思うのだが、「ドヤ！」感がなく、「どうぞー、楽しく食べてねー」とさりげない雰囲気で、本当の意味での品のある姿勢とはこういうことなのかもなと感じたのだった。

充実した時間を大阪で過ごし、帰宅したのだが、そのあとから新型コロナウイルス騒動がいよいよ大変なことになってきて、この原稿を書いている時点では、コンサートなどの催しものは中止、トイレットペーパーなども店頭で見かけなくなった。ネイル屋さんに行ったら、「生理用品まで品薄なんですよ」とネイリストさんが嘆いていた。

「三浦さんは買い置き大丈夫ですか？」

「まだちょっとありますけど、なくなったら草でケツ拭いて、生理のときは布でも当てますよ。『こんな世の中じゃポイズン！』って政府に抗議の叫びを上げながら」

「現状を受け入れすぎなのか、そうじゃないのか、はっきりしてください。まずは買い置きがあるひとにわけてもらおう、という発想はないんですか？」

「あ、そうね。さっそくやわらかそうな草を探さなきゃ、と思っちゃってました。わけて！」

「いえ、ですから品薄なんです」

「じゃあやっぱりポイズンしかないじゃないか！　草のせいでお尻が擦り切れそうだぜポイズン！」

「落ち着いてください」

そうだな、こういうときこそデマに惑わされることなく落ち着いて行動し、お互いを思いやって日常を営まないとな。やわらかい草を発見したらご報告します。

## 章末おまけコラム　その一

# うつくしい窓

これまで、さまざまな輝くひとたちをひそかに応援してきた。例を挙げると、BUCK－TICK、KinKi Kids、人形浄瑠璃（文楽）、シーマン（人面魚のゲームではなくサッカー選手）、ヴィゴ・モーテンセン、オダギリジョー、EXILE一族などだ。こう書くと「男性にばかり夢中」みたいな感じがして、なんかちょっと自分が恥ずかしい。

とにかく、「推し」という言葉が存在しない時代から、だいたいいつもだれかにお熱を上げてきた。しかもきらいになったり飽きたりということがなく、いつまでもしつこく熱が持続するので、推しの男たちがどんどん鈴なりになって大変だ。情報チェックだけで日が暮れて、仕事がまるで手につかない。

でも、しょうがないのだ。私はいま、便宜上「推し」という言葉を使っているが、実際のところ「推している」とは思っていない。彼らはある日突然、私の心にぶっ刺さってくる。避けようもない運命みたいなもので、「推す」とか「推さない」といった、私の意思が介在する余地はない。強いて言えば、抗いようもなく「推させていただく」「応援させていただく」ほかない対象なのである。信心する神仏を「推す」ひとがいるだろうか。いるまい。ひたすら崇め、その姿をありがたく拝み、心身を研ぎ澄ましてその声に耳を傾けるのみ！　そういうことだ（どういうことだ）。

「男性にばかり夢中みたいでちょっと恥ずかしい」とも書いたが、それも少し嘘だ。「恥ずかしさ」の内実は、「サカりがついてると思われそう」というものだが、そしてたしかに、「この推しとつきあいたい！　つきあったらどんな感じなのかしらん」と妄想することもあるのだが、よくよく自己の内面を点検すると、私は恋愛的な感情で「推している」のではないようだ。ま、「つきあってくれ」と言われたら、むろんやぶさかではありませんけどもね。ええ、ええ。

　私が俄然、「推させていただく」しかないほどお熱になる対象。それは総じて、「生まれ変わったら、こういうふうになりたい！」という憧れの気持ちをマックスで引きだしてくれるひとたちなのだ。しかし残念ながら、私は何十回生まれ変わろうとも、筋肉むきむきで歌い踊るＥＸＩＬＥ一族にも、ぼそぼそしゃべるフェロモンだだ漏れのハリウッドスターにもなれないだろう。だからこそ、イイ！　惹かれ、応援せずにはいられないし、彼らのなかにも確実に存在するだろう努力や苦悩に、思いを馳せずにはいられないのだ。

　運命のように突然降ってくる「推し」は、自分とはかけ離れているがゆえに、私にとって新しい世界へと開かれた「窓」である。たとえばＥＸＩＬＥ一族を一人たりとも個別認識できなかったころ、私は彼らを、「なんかぶいぶい言わせてそうで、こわい」と勝手に思っていた。一人も個別認識できないくせに、なにを根拠にしていたのだろう。金色のアクセサリーをじゃらじゃらつけてるから？　日サロに通ってるっぽい感じの外見だったから？

しかし、一族が多数出演する映画『H i G H&L O W』シリーズをたまたま見て、「このひとたち、本気と書いてマジじゃねえか！」と感動し、私は自身の不明を深く恥じた。モテそうな外見だからといって、よく知りもせず「どうせチャラついてんだろ」と断じるのは、ただの偏見であった、と。

いや、実際にE X I L E一族のみなさんはモテ人生を歩んできてるんだろうなと推測するが、モテや華やかな外見と「チャラついてる」はイコールではない。イコールではないのだという事実を、私は自分がモテてこなかったし華やかでもないので、知らなかったというか想像しようともせずにいたのだ。絵に描いたような偏見の構造で、自身に焼きを入れたい。

どんどんE X I L E一族にのめりこんだ結果、無数とも思えた一族の人員を個別認識できるようになり、個々人の性格を（画面越しではあれど）なんとなく把握して、私は改めて自身の顔面に拳をぶちこんだ。「貴様は本当にバカだ！　このひとたち、ものすごく根が真面目で、貴様よりずっとずっと努力して日々をまっとうに生きてるよ！　だからこそ輝いてるんだし、超絶パフォーマンスを見せてくれるから、多くのひとが応援してるんだよ！　あとなんかちょっと、体育会系言語が駆使されて私にはバイブスをつかみきれないときがあるし、意外と天然ボケのひとが多いんだなってこともわかったけど、そこもチャーム！　貴様のほうがチャラついとるわ、反省せよ！」と。

私は自身の無知を、知ろうともせずにいた怠慢を、人間や物事を偏見とステレオタイプに凝り固まって勝手に断じていた姿勢を、心から恥じる！　そして、そんな自分に気づかせてくれたＥＸＩＬＥ一族に感謝を捧げ、今日も拝む！

「知る」ことの大切さ、曇りのない目で観察し考察する喜び、愛することでもたらされる心の潤い。これはなにも、対象が「推し」に限ったことではないはずだ。おおげさに言えば、この世界に対して、自分と他者に対して、大勢のひとがこういう心持ちと姿勢で接していくことができれば、世の中はちょっとずつよい方向に進んでいくのではないかな、などと思う。

私にとって「推し」の存在は、新しい世界へと開かれた窓、偏見に満ちた心と脳みそに新鮮な風を吹きこみ、輝ける光景を映しだしてくれる、うつくしくまばゆい窓なのだ。

## 章末おまけコラム　その二

# 俺たちも楽じゃない

やあ、俺はピカチュウのぬいぐるみ、通称ピカぬいだ。手も耳も尻尾も動くし、「ちっちゃいあんよがかわいいね」ってよく言われるんだぜ。

だれに言われるかっていうと、四十代後半の女だ。俺はこの女と四年以上一緒に暮らしている。女はほとんど毎日家にいて、なにをしてるんだか知らないが、「あー、もうだめだ。締め切りにまにあわない、腹を切るしかない」としょっちゅううめいている。うめくわりには、テレビのワイドショーを見ながら呑気にインスタントラーメンをすすってやがるけどな。

つきあってられないから、俺は女のことは放って、ベッドでゆったりくつろぐのが常だ。しかしベッドは女と共用なので、その点に関しては辟易している。なにしろ女は就寝時刻が一定せず、真っ昼間や明け方に寝室に突入してきては、「おやすみ、ピカチュウ。今日も全然仕事が進まなかったよー」などと話しかけるのだ。うるさい、いいから寝ろ。

女はもぞもぞとベッドにもぐりこみ、俺にもきちんと寝具をかけたのち、夢の世界へ旅立つ。同じベッドで寝なきゃいけないせいで、俺は最近少々毛羽立ってきた。しかも女は寝相が悪く、俺は二日にいっぺんはベッドから蹴りだされる。床に転げ落ちた状態のまま、「大切そうに俺に寝具をかけてくれたのはなんだったんだよ」と恨めしい思いで女が起床するのを待つほかないわけだが、女は十時間ぐらいぐーすか寝るのだ。進まなかったという仕事はどうするんだろうと、非常に気が揉める。

思うぞんぶん惰眠をむさぼり、女はようやっと目を覚ます。床にいる俺に気づき、「ごめんごめんピカチュウ。今日もかわいいね」と抱きあげていとおしそうに撫でる。俺は愛を信じない。長時間にわたって床に転がされ、尻尾がひしゃげそうだ。

女は、「いい年してぬいぐるみと同居……。イタい」と周囲から思われたくなくて、なるべく秘匿しようとしているようだが、実は寝室で暮らすのは俺だけではない。ベッドにはウサギのぬいぐるみ（「抱き枕」という種族らしい）もいて、俺と同様しばしば床に蹴り落とされている。棚に並んだ大小さまざまなウサぬいが、俺たちの受難を気の毒そうに眺める。女はウサギが好きらしい。もしかして俺のことも、耳が長いからウサギだと勘違いしてるんじゃあるまいな。

大勢いるウサぬいたちも、俺に負けず劣らず愛くるしいやつらだ。女は天気がいい日を選んで、「はーい、日なたぼっこしますよー」と俺たちをベランダに連れだす。人間と同じく、俺たちにも相性があることを女は知っているので、俺はたいてい、仲のいい薄茶のウサぬいと隣りあわせでベランダの手すりに腰かける配置だ。手すりは安定が悪いので、落下しないよう腹に力をこめてなきゃならない。抱き枕のウサぬいは、洗濯ばさみで耳を挟まれ、物干し竿に吊るされて、「まじでつらい」といつも言っている。下校する小学生が、ベランダで日なたぼっことという名の筋トレをさせられている俺たちを発見し、手を振ってくれる。体勢を維持するのに精一杯で、手を振り返す余裕がないのが残念だ。

夕方になると女がベランダへ迎えにきて、俺たちはブラッシングしてもらったのち寝室に帰る。俺と抱き枕のウサぬいは、「はー、やれやれ」とベッドに寝そべる。女は相性を勘案しながら、棚にウサぬいたちを座らせていく。その合間に、「棺桶に入るときはみんなと一緒がいいけど、無理だよねえ。特にピカチュウは顔が丸くて大きいから、蓋が閉まらないだろうし」などと言う。ゾッ……。なんで俺たちを道連れにしようとすんだよ、やめてくれ。

でもま、なんだかんだで俺もウサぬいたちも充実した毎日を送っている。相手がどんなダメ人間であろうと、同居することになったらとことん見守るのが俺たちの使命だからな。今後も日なたぼっこで体を鍛えつつ、女を観察し、適宜支えてやるつもりだ。

追記：「気付けば、相棒」というテーマで依頼され、書いたのがこれなのである。

# 二章 ふんばりは もうむりだ

# 不要不急の定義

新型コロナウイルス騒動は収まるどころか、どんどん大変なことになっている。この原稿を書いている時点で（二〇二〇年四月）、東京では「不要不急の外出を控えてください」という呼びかけがなされた。

そんなこと言ったって、仕事や学校はどうすりゃいいんだ。リモートワークとやらいう単語を耳にするようになったが、私はなんの機材も準備しておらんぞ。と思ったのだが、よく考えるまでもなく、私の場合はもとから在宅仕事で、知らぬまにリモートワークとやらだった。

だから生活リズムや仕事環境にさしたる変化はなく、「こういうとき、もともと不要不急な職業だったんだと思い知らされるなあ」と、我が身の役立たずぶりを嘆く日々だ。医療や介護、接客や宅配など、在宅していてはできないお仕事のかたのほうがたぶん多いわけで、きっと不安なお気持ちのことだろう。せめてお邪魔にならぬよう、こまめに手を洗いながら粛々と在宅していようと決めた。

ところが間の悪いことに、シャンプーが切れた。ひさしぶりにシャワーを浴び（手だけじゃなく全身をこまめに洗え自分)、シャンプーのノズルを押したら、すこすこっとむなしく空振りするばかり。そのときはボトルに湯を入れ、希釈したシャンプーでなんとかしのいだ。「そういえば買い置きもしていなかったな」と思ったのだが、なにしろたまにしか風呂に入らないので、そのまま忘れてしまっていた。

本日、またひさしぶりにシャワーを浴びて、「そうだよ、シャンプー!」と思い出したのだが、もう全裸でずぶ濡れなのであとの祭りだ。とりあえず髪の毛も石鹸(せっけん)で洗い(ワイルドなおじさんみたいな所業)、コンディショナーは使ったのだが、ダメであった。加齢のせいか水分量が減ってきてる気がするな、と思っていた吾輩の髪の毛、見事にばっさばさになった。魔女が乗る箒(ほうき)みたいだった。

シャンプーを買いにいくのは、はたして不要不急じゃない用件か? ちょっと微妙なラインではあるが、近所の商店街へと歩きだす。「なっ、箒のお化け!? ……ではないみたいだけど、あのひとにいま必要なのは、ずばりシャンプーよ!」と通行人に思ってもらえそうなほど髪の毛が爆発してるので、まあまあ急を要すると自分に言い聞かせる。

ちなみに前章の最後のほうで、「トイレットペーパーが品薄なので、やわらかい草でお尻を拭かなきゃならなくなるかもしれないなんてポイズン」的なことを書いたが、品薄状態が改善したようで、お店の棚に並んでいるのを目にするようになった。草でケツを拭くのを回避できそうでよかったが、トイレットペーパーの買い置きもしていない。一人暮らしだからそこまで消費量も多くなく、「まあいいかな。いざとなったら草があるし」と思っていたのだけど、せっかくドラッグストアに行くのだから、シャンプーのついでにトイレットペーパーもあったら買ってこよう。

商店街に到着した私は、本屋に入った。え、シャンプーはどうしたって？　シャンプーより本を買うほうが急を要するに決まっとるだろう！　嘘である。本屋より手前にドラッグストアが何軒もあるのに、歩くうちにすっかり忘れ、いつもの習慣どおり一目散に本屋へ吸いこまれてしまったのだ。大丈夫なのか、自分。と思ったが、まあ本屋に来ちまったもんはしょうがないから、文庫やら漫画やらを何冊か買いこみ、帰路につく。さっそく文庫を読みながら歩いていたため、またもドラッグストアを素通りするところだった。俺のこと、「令和の二宮金次郎」と呼んでくれてもいいんだぜ（呼ばない）。

なんとか無事にドラッグストアに寄り、シャンプーの入ったレジ袋を腕に提げて、再び歩きだす。え、トイレットペーパーはどうしたって？　お察しのとおり、買い忘れたさ。うっかり忘れちゃうこと、だれだってあるだろ！　って、都合が悪くなると一人でブチ切れるの、やめたほうがいい。

さらに途中のスーパーに寄って、卵と牛乳を買い、漫画が入ってるエコバッグに収納。商店街までは片道徒歩二十分強あるので、ちょっと疲れてきたし、桜もきれいに咲いてるしということで、家の近くの小さな公園のベンチに座り、文庫を読みながらしばし休憩する。

ようやく帰宅し、仕事をして夜になったのでげすがね。吾輩、さきほど気づいてしまったんですよ。シャンプーを風呂場に置いた記憶がない！　ていうかそもそも、家に帰ったとき、シャンプー入りのレジ袋を腕に提げてた記憶自体がない！

シャンプーを買いにいったのに、どっかにシャンプーを忘れてきてしまいました。なにがどう急を要したんだ。置き忘れたのはスーパーか公園だとは思うのだが、文庫に夢中だったせいか、どの時点から忽然（こつぜん）とレジ袋が消えたのかまったく心当たりがない。なにこれ、魔法？　やっぱり髪の毛が魔女の箒みたいだったただけに？

本当にまじで自分の大丈夫じゃなさがこわい。どちらかといえば、忘れものとか落としものとか、あまりするほうではなかったと思うのだが、髪の毛の水分量と連動するように記憶力が低下している。これが加齢……。

明日スーパーと公園に行って、「うちのシャンプー見ませんでしたか」と探してみるつもりだが、発見できなかったらもう石鹸での洗髪を続行する。「私にとって不要不急じゃない用件などひとつもないっ！」と自分に知らしめてやるためにな。「あのブドウはすっぱい」的なやせ我慢感が……。スーパーに行くなら、そこでもう一度シャンプー買えばいいんじゃないか？

追記：シャンプーは無事、スーパーで発見された。買ったものを詰める台に、ドラッグストアのレジ袋ごと置き忘れていたらしい。つぎのお客さんが気づいてサービスカウンターに届け、スーパーのひとが取っておいてくれたのだ。ううう、ありがたい。みなさんの善意のおかげで、私の髪の毛は無事に箒ではなくなりました。お財布を拾って交番に届けたら、持ち主からお礼に中身の一割をもらえると聞いたことがあるが、それで行くと、このシャンプーの一割ずつをぜひ、拾ってくれたお客さんとスーパーのひとに……。しゅこしゅこ。あ、いらないですか。

と書いているうちに、財布を拾ったエピソードを思い出した。すいている新幹線の車内でボーッとしていたら、通路を挟んで斜めまえにいた男性の座席の下に、ボトッと財布が現れたのだ。たぶん、ポケットに入れていたものが落ちてしまったのだろう。数秒待っても拾う様子がないし、角度的に座席の下の財布が見えているのは私だけだと思われたので、席から立って男性に声をかけた。男性はイヤホンで音楽を聞いていて、財布が落ちた音に気づかなかったらしい。お礼を言って、慌てて財布を拾おうとする男性。しかし、座席前方からだと手が届きにくい位置にあったので、私が後方から拾って、男性に渡した。男性はものすごく丁寧にお礼を言ってくれた。

私が新大阪駅で降りる準備をしているとき、それに気づいた男性が意を決したように近づいてきて、

「さきほどは本当にありがとうございました。これを……」

とお札を差しだした。私はびっくりし、噂に聞く拾得物の一割ということかなと察しはつくも、

「いえいえ、いただけません。お財布が落ちたのをたまたま目撃したってだけですから」

と固辞した。だが男性はなおも、

「財布をなくしていたら、どうなっていたか……。いきなりお金というのも失礼かなと迷ったんですが、僕はとても助かったので、感謝の思いとしてぜひ受け取ってください」

と食い下がる。

「そのお気持ちだけ、ありがたく頂戴します。ささ、お金はしまって、しまって」

と言ってようやく、男性はお札を引っこめた。でも、私が新幹線を降りるときも、またも丁寧にお礼を言ってくれた。なんて礼儀正しいひとなんだろうなあ、拾ったっていうか、「拾うのを手伝った」ぐらいのことだったのに、と感慨にふける。

　なんとなく、財布に入っていたのはお金だけじゃなかったのではないかという気がする。入手困難でようやく取れたコンサートのチケットとか、すごくかわいがっていた亡き愛犬の

写真とか（いや、愛犬生きてたら、勝手に殺して申し訳ないが）。もしかしたら財布そのものが、大切なひとからのプレゼントだったのかもしれない。とにかく、彼にとってお金ではどうにもならない、大事ななにかがあの財布にあったんじゃないだろうか。

財布が落ちたことに気づけて、本当によかったなあという気持ちになった。私のボーッとしてる力が、めずらしく役に立った事例である。

# 大地をさまよう

二週間ほどだれとも会話しなくてもまったく苦にならず、三週間目あたりからちょっと独り言が増えてくる気がする。外出するのは一カ月に四回程度、という月がざらにある。そんな生活を十五年ほどつづけてきた私は、外出自粛を要請されるよりもずいぶんまえから自粛していたんだな、と気づかされた。なんのためにしていた自粛なのかがわからないが。

しかしいまこそ、出不精かつ脳内会話に終始していればそれなりに満足できる、という吾輩の特技を存分に発揮するとき！　そういうわけでいままでどおり、燦然（さんぜん）と家に籠もっているのだが、もともと一カ月の外出が四回だったのを八割減すると（註：自分で書いといて忘れていたが、当時、外出を八割減らせという自粛の目安があったのだ）、外出回数が〇・八回になってしまうのが気になる。小数点以下の外出ってなんなんだ。幽体離脱して出歩けということか。まあよかろう。そもそもスーパーに行くのも二週間に一度ぐらいで事足りていたのだから。

とはいえ、自然と自粛生活になっていた、というのと、「外出しないでね」と要請されるのとでは、なんだか心持ちが異なる。「外出するな」と言われると、むらむらと散歩に行きたくなる不思議な人間心理。ふだんから散歩なんてしてなかった仕事部屋とトイレとの往復に終始し、一日に八十歩ぐらいしか歩いてなかっただろ。

あまりむらむらするのも体に悪いので、あまのじゃくな散歩欲求を鎮めるためにも、家でできる新たな趣味を持つことにした。ダーニングだ。ダーニングとは、キノコ型の台を使って、毛糸や刺繡糸で靴下の穴などを繕うお裁縫である。以前に知人がダーニングにはまり、「家じゅうの靴下の穴をふさいでもまだものたりず、穴のあいた靴下を求めてゾンビのように家じゅうを徘徊している」と言っていて、「なるほど、回文（?）みたいな文章を発するようになってしまうほど、ダーニングとは魅力的なのだな」と興味があったのだ。

私はわりと刺繡をするのが好きで（下手くそだが）、子どものころは吐くまでやっていた。いや本当に、刺繡に熱中していたら吐き気がこみあげ、トイレに駆けこんでゲロゲロしたのである。たぶん肩凝りがマックスに達し、子どもの体では持ちこたえられなかったのだろう。「これはまずいぞ」と思い、以降、刺繡も自粛してきたのだが、いまこそ封印を解くとき!

さっそくネットで、キノコ型の台をポチリとする。家での時間を断捨離やエクササイズにあてようとは決して発想しないあたり、自粛の上級者たる風格が漂っているな、うむうむ。

届いた台を使い、簡単な説明書を参考に、まずは自宅用のへろへろになった靴下の穴を繕ってみる。靴下をキノコの笠の部分にはめて固定し、縦糸と横糸がたがいちがいになるように刺繡糸を通していく。ダーニングとはまあ、刺繡と織物の中間みたいなもの、と思っていただきたい。文章で説明するのはむずかしいが、私のような初心者でも理屈を飲みこむのは容易で、糸の色あわせなどでいろいろ工夫できるため、とても楽しい。

「こりゃゾンビと化すのも納得だな」と思いつつ、一日の仕事を終えた夜、ちくちくと靴下の穴を繕った。すぐに独自のいいかげんな刺しかたに移行し（そんなことだから、なにごとも下手なままなんだ）、縦横無尽に穴をふさいでふさいでふさぎまくる。三日ぐらいで家じゅうの靴下の穴がすべてふさがってしまい、つぎなる穴を求めて家じゅうをさまようゾンビ（やはり回文（?）調になってしまうのが、ダーニングにはまったものの特徴のようだ）。コムデギャルソンのお気に入りのカーディガンが虫に食われ、小さな穴があいてしまったのだが、これをふさぐのは……、私のダーニングの腕前では蛮勇と言えよう。もっと技術を高めるため、ほかになにか穴はないものか。

穴不足にがっくりとうなだれていたゾンビは、ハッとして立ちあがった。いま座っていた、ダイニングの椅子。そういえば、その座面の布が擦りきれていたではないか。灯台もと暗し。

気力を取り戻し、ゾンビは座面の修繕に取りかかった。椅子本体と座面はがっちりとネジで留められているので、自宅にある工具でははずせそうにない。椅子の形を保ったままの状態で、座面の擦りきれを刺繡糸で補強、隠蔽していくことにした。糸の通しかたはダーニングの技法を踏まえているが、なにしろ相手は椅子の座面なので、キノコ型の台の出番がない。これはもはやダーニングとは呼べないのではないか？　疑問に首をひねりつつ、椅子を膝に持ちあげて角度を調整しながら、ひたすらちくちくするゾンビ。筋肉痛で腕がだるいし、座面の布が厚くて針を刺しにくく、しょっちゅう指を負傷してしまうしで、パソコンがうまく打てない、という支障が仕事に生じた。

それでも夜ごと、座面の修繕に取り組んで一週間。現状を報告すると、

「母さん……、椅子の座面は靴下の穴と比べるととてつもなく広大で、たとえるならそれは北海道の大地のようなもので……、無謀だったかもしれないと僕はいま少々後悔しているわけですが、しかしここで諦めたら中途半端な座面に一生座ることになり……、もう椅子を買い替えりゃいいだろというご提案もおありかと思うのですけれど、まだ座れるもんを新調するというのは僕のポリシーに反するわけで……、しかしそういう貧乏性が僕の生活を味気なくしているのだとも言えて……、母さん、もうどうしたらいいのかわかりません……」

といったところです。函館と札幌って直線距離でも百五十キロぐらい、車で行くと三百キロぐらいは離れてるのか。地図を見ると、それでもまだまだ「首もと」って感じで、まじで北海道って大きいな（現実逃避）。

追記：この回のラストの現状報告ナレーション、『北の国から』オマージュだとおわかりいただけただろうか。ペレストロイカショックが尾を引いて、もしや『北の国から』もいまは通じないのではと疑心暗鬼になっている。そんなことはないよな、『北の国から』は最近まで新作が制作されていたし（いま念のため調べてみたら、数年まえだった気がしていたスペシャル版最終作の放映は、二〇〇二年だった。最近……？）。『北の国から』シリーズは名作なので、機会があったらぜひご覧ください。

外出を八割減にせよとか、コロナ禍で起きた細かいあれこれについて、すでに記憶が薄れはじめているのを感じる。ひととあまり会えず、おしゃべりを通してエピソードが記憶に定着するということがなかったためか、コロナ禍の数年間の時系列や出来事が、自分のなかでなんだか曖昧（あいまい）だ。まあ、『北の国から』の最終作を数年まえだと思っていたことからもわかるとおり、もともとすべてが曖昧だったとも言えるのだが。

# 和牛への道

さて、と思ってから、パソコンのまえで五分ぐらいぼんやりしていたら思い出したことがあるので、今回はそれを書いてみよう。

しかしよく考えてみれば、さて、と思うまえも、特になにをするでもなくぼんやりしていた。いったいなにが「さて」だったんだろう。結局のところ、「さて」の前後で合計一時間ぐらいはぼんやりしていた勘定になり、最近のパソコンはあまりフリーズしなくなったが、代わりに私がフリーズの任を着々とはたしている。

それはともかく思い出したのは、「めずらしく褒められた経験」についてである。

一年ほどまえ、私は武術の達人に凝りを揉みほぐしてもらった。達人は自衛隊だったか警察だったかに武術指南をするほどの猛者で、人体の仕組みや急所を知りつくしている。それゆえ、凝りを揉みほぐすことに関しても達人の域にあり、「なるほど、経絡秘孔（←『北斗の拳』（作・武論尊、画・原哲夫／集英社ほか）で得た知識）」と私は思った。

達人が肩や背中や首をぐいぐい揉むはしから凝りがほぐれ、私はあまりの気持ちよさに「ひ

でぶ」となりそうだった。秘技を思うぞんぶん駆使したのち、達人は重々しく、

「三浦さんは、少しは運動したほうがいいです」

と言った。運動していないことを揉んだだけで見抜けるものなんだなと少々動揺しつつ、

「いやほんとそうしたいんですが、体を動かすのがすごく苦手で、苦痛で苦痛でならなくてですね」

と言い訳する。

「でしょうね」

と達人はうなずいた。「ものすごく足首が硬いから」

「な、なぜそれを⁉」

達人が揉んだのは肩まわりのみで、私の足首にはまったく触れていないのだ。なのにどうして、医者も驚くほど足首が硬いとわかったのだろうか。

「歩きかたを見ればわかります」

「ひええ、洞察力というより、もはやレントゲンなみの透視力！」

前世の因縁により足首が硬いのだから壺を買え、と言われたら、そのときの私は買ってしまっていただろう。だが、達人はそんなインチキくさいことは言わなかった。達人の超能力（？）にひれ伏し、ぶるぶる震える私を慰めようとしたのか、

「でも、肉質はいいです」
と褒めてくれたのである。
え、肉質⁉　それって、和牛とかに対する褒め言葉じゃないの⁉　やや頭が混乱する。
「肉づきではなく、肉質ですか？」
「肉づきもあれですけど（どれだ）、まずもって肉質がいい。みっちり詰まってますね」
と、達人は重厚に所見を述べた。「たとえば二の腕も、これだけ脂肪があれですと（どれだ）、
通常はたるみます。しかし三浦さんの場合、年齢のわりにはたるみの程度が軽い。肉質がいい
証拠です」
やっぱり褒められてる！（たぶん）
「惜しいですね。この肉質で、脂肪を筋肉に変えられていたら、重量挙げとかレスリングとか
向いていたと思うのですが」
褒められている……！（たぶん）
「なんと……、そんな強くなれそうな可能性が自身に秘められているとはとんと気づかず、四
十年以上も無為に過ごしてしまいました。なにしろ運動が苦手で」
肉質と運動神経が見合っていなかった悲劇と言えよう。「達人よ。こんな私でも、いまから
できる運動はあるのでしょうか」

「ラジオ体操って、夏休みに早起きしてハンコをもらう、あのラジオ体操⁉」

「はい。あれはとてもよく考えられた体操ですし、本気でやれば相当、体を鍛えられます」

達人の助言に従い、私はさっそくラジオ体操のＤＶＤをネットでポチリとし、実践してみた。

そして一週間もつづかずギブアップした。

達人よ……。どうして子どものころはひょいひょいできていたのか謎なぐらい、ラジオ体操、まじできついです。もうちょっと初心者向けのアドバイスが欲しいのですが、ラジオ体操よりも気軽にできる運動ってあるでしょうか。……なさそうだな。近所のじいちゃんばあちゃんも元気にラジオ体操をこなしてるもんな。


私の意志と体力がたりないせいで、せっかくのアドバイスを活かせず、あいかわらず微塵も動かぬ日々を送っているのだが、「でも、肉質はいいって達人が言ってくれた」というのが心の支えだ。ポテンシャルを秘めたいい肉質だから、いつかやる気を出せば、重いものも難なく持ちあげられるようになるだろう。もぐもぐ、ごろごろ（↑心の支えに寄りかかり、食っちゃ寝してるもよう）。新型コロナウイルスへの対応策が、「和牛券」にならなくて本当によかった。まちがって全国のおうちに私がばらまかれてしまうところだったぜ。なにせ肉質がいいからな。照れる。

肉質であれなんであれ、「ちょっとでもいいところを見つけて褒める」って、すごく大事なことだなとつくづく実感した経験だった。私は褒められ慣れてないので、たまに褒められるとへどもどしてしまって居心地が悪く、だからきっと他人もそうなんだろうと思って、だれかを褒めようとすると異様にぎこちなくなってしまう、という悪癖があるのだが、達人の「技あり一本」な、いい塩梅(あんばい)の褒めによって気づけた。だれかにとって希望と支えになるのは、当然ながらけなし言葉ではなく褒め言葉なのだ。

ぎこちなくてもいいから、今後はじゃんじゃん自他を褒めていこうっと。

追記：和牛券を配ろうって政策案も、そういえばあったのだ。どうしてそれが新型コロナ対策になるのか、いま考えても謎だ。牛肉でも野菜でも、各自が好きなものや必要なものを買えるよう、とっととお金を配ればいいだけのことだったのではと思えてならない。まあ、「どうしても」と言うなら、肉質のいい私を全国のおうちにばらまいていただいてもよかったんですけど……。「迷惑だ」って苦情は政府にお願いします。

# 新しい日本語

ひさしぶりに美容院へ行った。個人経営の小さなお店なのだが、新型コロナウイルスの流行がなかなか収束しないこともあって、なるべくお客さんがかぶらないよう予約の数を調整したり、換気をしたり、手指衛生に努めたりと、さまざまな工夫をしている様子だった。

十年ぐらいお世話になっている美容師さんは、オダギリジョーと永山瑛太を足して二で割った感じのひとである。しかも話がおもしろく、放っておいてほしいときは敏感に察知してくれるという、空気の読める男だ。

と、自分で書いていて思ったのだが、なぜ私はいま、「しかも」という接続詞を使ったのだろうか。「さらに」や「なおかつ」だったとしても、同じように語弊（ごへい）がある。つまりこの接続詞選びから浮かびあがるのは、「オダギリジョーや永山瑛太は、どうせ（イケメンだから）話がおもしろくなく空気が読めないはずだ」という、「顔面のいいひと」への偏見があるのではないか、ということだ。

そんなつもりはまったくなく、申しあげにくいことながら私はオダギリジョー氏や永山瑛太氏と仕事でお目にかかったことがあるのだが（「貴様、そんな役得が許されると思ってるのか！」と石を投げられても甘んじて受ける覚悟なり。たしかに役得でござった……ほわわわん）、両名ともお話しがおもしろく、むちゃくちゃ周囲に気をつかうかたであった。なにを言いたいかというと、「話のおもしろさや空気を読む云々に、顔面などまるで関係ない」という事実だ。まあ当然ですよね。顔面のつくりで話をするのでも、空気を察知するのでもないのだから。

では私は、「しかも」とかではない、どんな接続詞を用いればよかったのか……。反省とともに熟考するわけだが、そのころ、我が担当美容師Oさんも日本語について悩んでいた。

「時節柄、お客さまはみなさん、マスクをつけて来店されますが」

と、Oさんは軽やかなハサミさばきを見せながら言う。「髪をカットしたりパーマをかけたりするにあたり、お顔の輪郭や顎の位置とのバランスはとても大事なんです」

「なるほど、そうでしょうね」

「常連さんについては、お顔を覚えていますから問題ありません。記憶をもとに、的確な髪形をご提案し、仕上げることができます」

「ふっふっ、ご油断めさるな。私は家に籠もってた期間でさらに太りましたよ。いま、このマスクの下にある輪郭は、実はOさんの記憶に残っているよりも相当膨張しています！」

「……脳内で輪郭を更新しましたので大丈夫です。とにかく問題は、新規でいらっしゃったお客さまです。顔の下半分が見えないままでは、万全の施術ができません」

「たしかに、困りますよね。どうしてるんですか？」

「最初に髪形の相談をするとき、『一瞬だけマスクをはずしていただけますか』とお願いしています。しかし、ここで新たな問題が発生するんですよ。マスクをはずしたお客さまのお顔を見て、なんと言えばいいのか！」

「なにも言わなくていいんじゃないの？」

「そうなんですけど、こちらからお願いして、お客さまがしずしずとマスクをはずしてくださったのに、無言でいいものなのか。とはいえ、どんなコメントをしてもなんらかのハラスメントになるのではとも思われ、結局、黙ってお客さまと鏡越しにうなずきあい、『ありがとうございます』とマスクをつけてもらう、という妙なことになっています。間が保(も)たない！　つけておくべき、とされているマスクをはずしてもらったときに申しあげるにふさわしい、適切な挨拶言葉のようなものを、日本語はまだ生みだせていない！」

「そりゃないだろ、そんな日本語！」

　苦悩するOさんには申し訳ないが、笑ってしまった。「Oさんは実際のところ、マスクをはずしたお客さんの顔を見て、なにを思っているんですか？」

「そうですね、強いて言えば……。『やはりな』です」

「なにが『やはり』なんじゃーい！」

「と、ツッコんでくれるお客さまならいいんですが、内心で『なにがやはりなんだろう』と悩ませてはいけないので、黙ってうなずきあうことになってしまってるんですよ」

「はじめて入った美容院で、『やはりな』って言われたら、私だって『え、なにが⁉』って怯えますよ」

「ですよねえ。『ご来店の瞬間に、マスク装着時のお顔を拝見して思い描いた髪形で行けるな。それをご提案しつつ相談していこう』という意味での『やはりな』なんですが、お客さまには伝わりませんよね……。切実に新しい日本語が欲しいです」

「なにも言わなくていいですってば」

オダギリジョーと永山瑛太を足して二で割ったような外見で、美容師としての腕前が一流で、話がおもしろく空気の読めるOさんになにか死角はないのか？　こんな完璧人間が存在するなんておかしいだろ、と十年ぐらい思っていたのだが、「あ、薄々感じてたけど、やっぱり変なひとなんだな」ということがこのたび判明した。めでたい。

同時に、私の熟考への答えも出た。「しかも」とかの接続詞はいらなかったのだ。

# かわいさ攻撃

米津玄師の楽曲を配信ダウンロードで購入した翌日、「米津玄師、全曲サブスク解禁」というニュースが！　これまで毎月、サブスクに料金を支払ってきて、でも米津氏の曲も聞きたいなと別途購入した私の立場は……！

なんだろう、「明日いよいよサブスク解禁だぞ。みんなダウンロードしてくれるかな」と、わくわくを抑えられない米津氏の関係者の思念を受信してしまったのだろうか。電波をキャッチする吾輩の感度、あいかわらず良好なり。でも、惜しいぞ吾輩。「ダウンロード」部分は受信できたのに、心のパラボラアンテナが歪んでいるためか、肝心の「サブスク解禁」部分はノイズが入っちゃって聞き取れなかった、ということのようである。

いや、全然いいのです。「このノートパソコンにはＣＤを飲みこませる口がないし、かといって原稿中に米津氏の曲を無性に聞きたくなるつどＹｏｕＴｕｂｅを開いてたら、ついつい関係ない、かわいい動物動画まで見ちゃうしな」と思って、とうとうポチリとしたわけなので、むろん悔いはない。ただ、購入した翌日にサブスク解禁という、自身の間の悪さがこわくなっただけだ。私の人生を象徴している気がするよ……。

それはともかく、問題はかわいい動物動画だ。世の中にはいったいどれだけかわいい動物がいるのだ。常日頃、「動物になどピクリともせぬわ」と言わんばかりに冷酷無比な人間を気取る私だが、気がつくと「でへ〜っ」と、かわいい猫ちゃんやわんちゃんやウサちゃんの動画を眺めている。こやつらの愛らしさ、すでに暴力のレベル。冷酷無比の看板どこ行った、と思うも抗えず、「きゃわわ……！」と天を仰いで目頭を押さえるしかない。

暑さが私の気力体力を弱らせているから、かわいい動物動画鑑賞をやめられないのだろうか。「きゃわわ」で思い出したのだが、拙宅のなかで一番きゃわわな存在である、ピカチュウのぬいぐるみ。先日、ベッドにいるピカぬいに、「ピカチュウ〜、毎日暑いね。熱中症にならないでね」と本気で話しかけた直後、「いや、ピカぬいはぬいぐるみだから熱中症にはならんがな」と、頭の片隅にかろうじて残った冷静な部分が告げてきて、さすがに自分にゾッとした。暑さのせいで、私の理性も危険領域に突入している……。

そんなある日、仕事で知人の家にお邪魔した。そしたら知人宅では、猫二匹とウサギ一匹とモルモット一匹が飼われていたのだ！　もふもふ&かわいさ攻撃にさらされ、仕事そっちのけで撫でまくる。猫と、ウサギやモルモットが同居というのは、大丈夫なのだろうか。「捕食」の文字がちらつくも、お互いに対してあまり興味がないらしく、平和そのものであった（ウサギとモルモットはそれぞれケージに入っているし、室内に放すときも、むしろ猫のほうが追いかけられてあわあわしているらしい)。

モルモットのお尻のシルエットは鏡餅のようにまん丸で、ぷにぷにもふもふを期待して触ってみたら、意外にも筋肉質かつ剛毛だったので驚いた。おぬし、相当鍛えておるな。人畜無害な好々爺かと思ったら凄腕の暗殺者だった、みたいな見た目とのギャップ。

そのあいだもウサギはひたすら干し草を食べており、しかし私が子どものころに飼っていたウサギよりもずっとひとなつこく近寄ってきてくれて、「私は自分ちのウサギと、全然心が通いあってなかったんだな……」と遠い目になった。三十年以上を経て判明した、「実は片思いでした」という事実。知りたくなかった。ウサギと私は相思相愛だと信じていたのに……！

いや、薄々「もしや」とは思っていた。うちのウサギ、抱っこしても、うしろ足でガスガスと胸やら腕やら蹴りつけてくるし、「いいから飯！」って要求しかしてこないし、もしかしてあたし、愛されてないのかな、って……。ぐすんぐすん。まあいいのだ、少々凶暴だったが、私にとっては大事でかわいいウサギであることに変わりはないのだから。

二匹の猫は、それぞれ保護猫で、虐待されて傷だらけで捨てられていたのだそうだ。動物をいじめたり暴力を振るったりするやつ、いったいなんなんだ！　いくら冷酷無比な私といえど、さすがに怒るぞ。

二匹とも、いまは知人宅でのんびり幸せそうに暮らしている。片方を撫でると、もう片方が拗ねて不服そうに鳴いたり寝たふりをしたりするので、人間のチビッコと変わらないなあとおもしろかった。両手の届く範囲に二匹が集結してくれれば、同時に撫でられるのに、それはプライドが許さないのか、一匹を撫でているときは、もう一匹は離れた場所から「じ……っ」と見ているのである。「きみたち、めんどくさい真似はやめたまえ！」と注意しても、「じ……っ」なので、両者にご満足いただけるよう、等分に撫でてまわるしかないのだった。

もふもふ（一部剛毛）&かわいさ攻撃に完敗しながらも、なんとか無事に仕事を終えて、気力体力は満々になった。暑さを吹き飛ばし、冷酷無比な心にも染み入る、動物たちの愛くるしさよ……。帰宅し、ピカぬいの腹にもふもふと顔をうずめ、「すっごくかわいかったよ～。私もまた動物と一緒に暮らしたい気がした。あ、でも、ピカチュウを『ジェラス！』って嫉妬させちゃいけないかしらね」などと報告する。

私の理性が不在がちなのは、暑さのせいではなく常態で、「かわいい動物パワー」をもってしてもどうにもならないレベルらしいとわかった。

## バーンと行け！

ネイル屋さんで爪を塗ってもらっていて、なぜか生理用品の話題になった。

私は以前から、生理用品の外袋は、開け口となるミシン目がどこに入っているのかわかりにくすぎやしないか、と思っていた。それで、

「いつも『どこだ？』って、ぐるぐるまわして外袋を確認するはめになって、イライラさせられるんですよ」

と言ったら、

「ミシン目……？」

とネイリストさん（女性）はぽかんとしている。「ミシン目なんて入ってますか？」

「えっ。たぶんどのメーカーの外袋にも入ってるんじゃないかと思いますが。じゃあ、どうやって開けてるんですか？」

「バーン！　と両手で引っぱり開けるというか、心のおもむくままに引きちぎってますね」

「お、漢（おとこ）らしいな！」

「存在に気づいてなくて、ミシン目を探す、という発想がまったくなかったです。そういえばお菓子の袋とかも、いちいち切れ目から開けるなんてしたことありません。バーン！　です」

「でも、それだと勢いあまって、中身が飛び散ったりしませんか？」

「しませんよー。熟練した『バーン！』の使い手ですからね（ドヤ）。万が一飛び散ったとしても、拾って使ったり食べたりすればいいじゃないですか」

「まじで漢らしいな!!　いや、おっしゃるとおりです。なんで私、ミシン目や切れ目をちまちまと探してたんだろう……。たとえば、納豆に入ってるタレの袋。あれなどは最近、マジックカットになってるじゃないですか。『こちらがわのどこからでも切れます』という」

「なってますね」

「にもかかわらず私は絶対に、指さきで四辺をたどって、まずは切れ目を探してしまうんですよ。それからようやく、『あ、マジックカットか』って気づく始末です」

「私はマジックカットすら無視して、開けたいところをバーン！　ですね」

「さすがに納豆のタレは飛び散ったら取り返しがつかない気もするけど、ほんとに漢らしいよ!!!　それに引きかえ私ときたら、ミシン目や切れ目に呪われてでもいるのだろうか……。自分のちっちゃさがいやになってきました」

ネイリストさんの自由な魂のありようがうかがわれ、見習いたいと思ったのだった。

ちなみに、「生理用品にはまだまだ改良点があるのではないか」という点では、ネイリストさんと私の見解が一致した。たとえば、中身の個包装のデザインひとつ取っても、「いかにも生理用品」って感じのものが多く、外出時はポーチなどに入れてトイレに持ちこむ必要が生じる（なぜ、「生理用品は人目につきにくい形で持ち歩くべし」という風潮があるのか、といった根本部分についても、「生理ってべつに、『隠さなきゃいけない悪いこと』じゃないような」と、我ながらおおいに疑問を覚えるが）。あのデザインはなんとかならないか、と語りあっていて、ふと思いついた。

「堂々とトイレに持ちこめるよう、いっそのこと、個包装のデザインをポケットティッシュに擬態させる、というのはどうですかね」

しかしこの提案に対しては、ネイリストさんの反応ははかばかしくなかった。

「それはどうでしょう。『ポケットティッシュだと思って鞄（かばん）に入れたら、妻の生理用品だったので鼻がかめない』という悲劇を呼びかねませんからね」

「大丈夫。ティッシュより吸水力が高いから、鼻水だってぬぐいきれますよ。男性も堂々と生理用品で鼻かんでほしい！」

「いや、それはほんとにどうでしょう……」

ポケットティッシュ擬態案への賛同は得られず……！　外袋を引きちぎる豪快さがあるんだ

から、ネイリストさんには率先して生理用品で鼻をかんでほしかった！（無茶だ）

それにしても、ものすごく繊細なネイルアートを施してくれるネイリストさん（以前に思い立って試してみたら、米粒に文字を書くこともできたそうだ）が、細かいことをあまり気にせず、袋という袋をバーン！　と引き開けているというのが、なんだか意外でおもしろかった。同時に、手先の器用さがゼロで、どちらかといえばおおざっぱだなと自認する私が、なぜかミシン目の類だけは律儀に探してしまっていることにも気づかされ、いったいなぜ、ひとそれぞれ「気になるポイント」がこうまでちがうのか、なにがきっかけで「気になるポイント」が各人のなかに芽生えてくるものなのか、非常に興味深いなと思ったのだった。

まあ、生理用品の外袋に関しては、ミシン目から開けてるひとが大半だと信じるのだが……。ネイリストさんはほがらかに、

「まさかぁ。ほとんどのひとがバーン！　ですよ」

と主張している。はたしてどっちが多数派なのだ。自分のなかの「常識」が揺らぐ思いがすることだ。あと、もし「バーン！」派が主流なのだとすると、生理用品メーカーのひとが、「じゃあ我々はなんのためにミシン目を入れてきたというのか……！」と、衝撃のあまり膝から崩れ落ちるのではないかと気が揉める。

ミシン目がどこにあるのかわかりにくいのがよくないんだと思うんですよ。なんらかの理由

があるのかもしれないけど、できれば「ここだよ」って、もっと目立つようなデザインにしてほしいです（話がもとに戻ってしまった）。

それでもネイリストさんは、おかまいなしに「バーン！」なんだろうなと思うと、「自由な魂よ……！」とやはり愉快だ。


追記：生理用品の種類が年々歳々増えているように思える。「オーガニックコットン使用」といったことでもそうだが、ひとつのメーカーでも、「昼用」「夜用」「特に多い日用」といった分類に加え、「〇センチ」というサイズもさまざまだし、そこに「羽つき」「羽なし」まで加わって、もう自分がどれを使っているのか見分けがつかない。私は生理用品を買いにいくときは必ず、使いかけの袋に記載された情報をメモしてから家を出る。

生理用品がこうまで多種類なのは、肌ざわりなどの好みや、経血の量、どれぐらいの頻度で交換できるか（たとえば職業によっては、しょっちゅうトイレに行きにくく、薄いナプキンでは不安なかたもおられるだろう）が、そのひとごとにまったく異なるからだろう。一人の人間のなかでも、「今月はちょっと少ないな」とか、「年齢を重ねるごとにドッと血が出るようになったな」とか、制御不能な変動があるものだし。

私は一月（ひとつき）の半分ぐらい、生理にまつわる不調に悩まされてますね。「また生理か……」と考えることなく、心身ともに本当に調子がいいのって、月に二日ぐらいじゃないかと思う。若いころからこんな具合だから、もう諦めていたのだが、閉経したパイセンがたが、「むっちゃ楽になったよー」と言うのを聞いて、少し希望を抱きはじめたところだ。早く解放されたい。しかしこれも、ひとによってもちろん感じかたはさまざまだろう。

生理に対する思いや感覚は、当事者同士でもなかなか共有がむずかしい部分がある。そのため、あまり話題にのぼらないのかなと思うが、たまに話すと「バーン！」が発覚したりして、憂鬱なだけではなく、スリリングでおもしろい一面もあるなと感じさせられるのであった。

## 受難のトートバッグ

仕事からの逃避で、「ぬいぐるみ　かわいい」などとネット検索していたところ、どうした加減か、きゃわわなトートバッグの存在にたどりついてしまった。映画『名探偵ピカチュウ』バージョンの、鹿撃ち帽をかぶったピカチュウのアップリケがどーんとついている。しかも、アップリケ部分はもふもふの毛になっているというすぐれものだ。

「こ、これは買うべきかもだぞ。落ち着いて検討……」と思った瞬間には、ポチリと購入ボタンを押していた。私の脳と指の連携、明らかに不具合が生じてるだろ。「検討しようかな」の段階で、なんでもう押しちゃってるのだ。しかしまあ、届いたトートバッグが予想以上のかわいさで、もふもふ具合も最高だったため、きわめて満足だ。

とりあえずトートバッグを玄関の床に置き、梱包(こんぽう)の箱などを片づけていたら、父が訪ねてきた。「お邪魔するぞー」と靴を脱いだ父は、床のピカチュウトートに目をとめ、

「お、なんだ、足拭きマットか？」

と、アップリケ部分をむんずと踏みつけた。

ああ足拭きマットなわけあるかー!!!

「やめてよやめてよー！　こんなかわいいものを踏めるなんて、鬼か！　あんたなんか、うちの敷居を二度とまたがせないっ！　出てってよー!!!」

近所じゅうに響きわたる勢いで絶叫し、相手が年老いた親だということを忘れて、思わず突き飛ばしてしまった。しかし父は平然と、

「ええ？　だってこれ、毛が生えてるぞ」

なんて言っている。貴様の足拭きマットの基準はどうなっているのだ。じゃあ貴様の頭も毛が生えてるから足拭きマットと見なしていいということだな。あと私は一度たりとも、玄関に足拭きマットを設置したことないだろ。

かわいいピカチュウを踏みにじれる男が親なのかと思うと、絶望的な気持ちだ。こいつ絶対、踏絵とかも、なんの葛藤もなくまっさきに踏むタイプだ。ピカチュウ教を棄教したということで、ピカチュウから「10まんボルト」を食らえばいいのにと思った。

棄教者がなんで訪ねてきたのかというと、

「今年も庭のキウイが豊作だったから、お裾分けに」

だそうで（父はキウイの花にせっせと授粉するのが趣味なのだ）、まあキウイに罪はないので受け取ったのち、

「ゲットアウト！」

と厳命したのだった。

父のくさい足に踏まれたピカチュウは悲しげであった。いや、わざわざ父の足なんて嗅いだことないけど、くさいに決まっている！　あー、ほんとにやだ。「ごめんね、うちのバカ父が」とアップリケのピカチュウに真剣に謝った。

なんとか気を取りなおして、パソコンに向かう。だが、徹夜しても終わらず、翌日の昼となった。すると、いつも行っている美容院からメールの着信が。

「なんだろ、メールなんてめずらしいな」

とひらいてみたら、

「今日、予約が入っていたと思うんですけど、いらっしゃらないのでご連絡しました。大丈夫ですか？　倒れてませんか？」

って感じの内容だった。

そそそうだった！　美容院の予約をすっかり忘れてたというか、連日の昼夜逆転生活にとどめの徹夜が加わり、「一人時差ボケ状態」になって、そもそも日付の感覚自体が曖昧だった！　慌てて美容院に電話し、お詫びして予約を取りなおしてもらった。同時に、美容院のあとに打ち合わせの予定を入れていたことも思い出したのだが、出かけていたら原稿を落とすほかない状況なので、そちらも日程の変更をお願いする。ドタキャンの嵐。

「サボってはいないつもりなのに、なんで最近、原稿が軒並み締め切りにまにあわないんだろ。おかしいなあ」と首をかしげていたのだけど、謎が解けた。いまが何日なのかすら曖昧模糊（もこ）としたまま生きてんだから、まにあうはずもなかったのだ。

各方面にご迷惑をおかけしたことを反省するとともに、自分がこわくなった。いいかげんさには定評があるといえど、予定がすっぽり頭から抜け落ちたことは、いままで皆無だったのだが……（たぶん。抜け落ちた経験自体を忘れてる可能性もある）。これが加齢による物忘れというものか。ほんとにまずい領域に足を踏み入れつつある。

ここは物忘れのパイセンに、対応策の教えを請うほかない。数日後に仕事が一段落したので、ピカチュウトートを持ってスーパーへ買い物に行くついでに、両親の家に寄ってみた。父がちょうど、庭でキウイの木をぼんやり見あげていた。

「ちょっとお父さん」

と声をかけ、「これこれこういうことをしでかしてしまったんだけど、加齢かな。お父さんにも経験ある?」

と聞いたら、

「お父さんは、そんなうっかりはしない」

と父は胸を張った。「仕事を終えて帰宅しようと電車に乗ったら、『今日、会議ですけど……』と同僚から電話が入って慌てて引き返したり、『ふむふむ、待ちあわせは新宿か』と思ったら本当は渋谷で、三十分ほど遅刻したことがあったりしたが、いずれも大きな失態とは言えない程度のことだ」

いや、いずれも大きな失態だし、立派なうっかりだよ。どんだけポジティブなんだよ。請うべき教えはなにもなさそうだなと、くるりと踵（きびす）を返したところ、

「うわ、しをん！」

と呼び止められた。「おまえほんとにどうしたんだ、足拭きマットなんか持ち歩いて！」

だから、足拭きマットじゃねえー!!!

追記：父は本当に心配そうに、「どうしたんだ」と言っており、父のなかで足拭きマットはどんなものだと認識されているのか、足拭きマットの基準がまじでおかしいのではないか、と心配だし、「おまえこそどうしたんだ」と言ってやりたい。

# 人体の不思議

知人Uさんが右手の親指を骨折した（正確にはヒビが入った）。骨折なんて大変な怪我だし、絵を描く仕事のかたなので、なおのこと案じられる。

様子うかがいの電話をしてみたところ、

「もう痛みもなくなってきて、そろそろギプスも取れそうだし、大丈夫です」

と、Uさんは案外元気そうな声だったから、一安心した。

「くれぐれもお大事にしてください。しかし、いったいどうして骨折を？　転んだんですか？」

「あー、それはですね……」

Uさんは急に歯切れが悪くなった。「絵を描いてるときに、飼い猫が机に乗って、いたずらしはじめたんですよ。で、コップを倒して、水がドバーッと。『やばい！』と人生史上最速の反射神経を発揮し、咄嗟に絵をどけたんで、水はかからなかったんですけれど」

「なるほど。その拍子に、親指を机の角かどこかにぶつけたんですね」

「ちがいます」

「ちがうんかい」

「『とんだいたずら者の猫に育ってしまった。ちゃんと躾けなければ』と思いまして、しかし猫を叩くわけにもいかないじゃないですか」

「そりゃ暴力ですからいけません。ていうか、猫って躾けられるものなんですか？」

「問題はそこですよ。そのときの私は、躾けられるんじゃないかと、まだ希望と期待を抱いていたのです。だから、机のうえでキョトンとしてる猫の顔のまえで、『めっ！　机に乗っちゃ、めっ、だよ！』と一心不乱に自分の手を叩きあわせました。つまり、激しく拍手したのです」

「まさか……」

「はい。つぎの瞬間、右手の親指に強い痛みが走り、みるみるうちに二倍ぐらいに腫れあがりました。骨にヒビが入ったのでした」

「拍手したら骨折って、大丈夫なんですか⁉　骨がもろすぎるよ！」

「知りあいの七十代のおじいさんも拍手で骨折したって言ってたんで、わりとよくあるんだと思います」

「Uさんは三十代でしょ⁉」

「骨粗鬆症がはじまってるんですかねえ。お医者さんにも恥ずかしくてほんとのことが言えず、

『スポーツしてたら、こうなりまして』って、骨折理由をもごもごと捏造しました。スポーツって漠然としすぎで、なんのスポーツなんだよ、という話ですが。あはは」

Uさんの明るい声を聞いていたら、笑いごとじゃないが私も噴きだしてしまった。

「Uさんが痛みに悶えてるとき、猫はどうしてたんですか」

「キョトン、ですよ。『なにを一人で暴れて、一人でうめいているのやら』って顔で、あいかわらず机に乗ってましたね。かれらは自由奔放な生き物なのだと思い知らされましたね。三浦さんも、猫を躾けようなどとゆめゆめ思ってはいけません。あと、拍手には気をつけてください」

「わかりました。Uさんが身をもってもたらしてくださった教訓、しかと胸に刻んで生きていきます」

ここに記し、読者のみなさまとも分かちあいたいと思う。猫は好き勝手にさせよ、拍手は雲と雲を触れあわせる程度のやんわり具合にとどめよ、だ……！

今月はまたべつの知人、Sさんからも、つぎのような話を聞いた。

Sさん（女性）は便秘がちなのだそうだが、長年の男友だちAくんとしゃべっていると、百発百中で便意を催すことに気がついた。

これは便利だ、と思ったSさんは正直に、

「あなたの声を聞いていると、うん〇をしたくなるので助かる」

という旨をAくんに告げ、以来、「最近あまりお通じが……」となったら、Aくんをお茶に誘っていた。おしゃべりするうちに、「きたきたきたー！」とトイレへ行くSさんを見て、

「ひどい！　やっぱり俺の体（ていうか声）が目的だったんだな！」

とAくんは不満を述べるのだった。

しかし、いまはそれぞれ結婚し、遠方に住んでいるので、気軽に呼びだすわけにもいかない。そこでSさんは便秘になるつど、Aくんに電話をし、五分と経たぬうちにめでたく、

「きたきたきたー！」

と叫ぶのだそうだ。むろんAくんは、

「またかよ！　おまえもしかして、俺のことをうん〇だと思ってないか⁉」

と不満を述べるのだが、もう便意のことしか考えられないSさんは、

「そんなことない、下剤だと思ってる。ありがとう、じゃあね！」

とおざなりなフォローで会話を切りあげ、そそくさとトイレに向かうのであった。

文句を垂れつつも毎度つきあってくれるAくん、いいひとだなと思うが、しかしいったいなにがどう作用して、Aくんの声がSさんに便意を催させるのだろう。図書館や本屋さんに行くと大用を足したくなりがち、というのは聞いたことがあるけれど……（私自身もそうだ）。

「Aくんは、ものすごくリラックスできるような美声の持ち主なんですか？」

と尋ねたのだが、

「うーん、特別美声でも悪声でもないですね。これといった特徴はない声です。気心の知れた友だちなんで、リラックスはできますけど、それは友だち全員に言えることだし」

とSさんは首をかしげている。

どうにも理屈がわからないが、ここに記し、読者のみなさまとも分かちあいたいと思う。便秘で困ったらAくんの声を聞け、だ……！（教訓？）

拍手で骨が折れる。Aくんの声で便通がある。人体とは不可思議さに満ちたものであるなとつくづく思った一カ月だった。

## ゴージャスの実相

友人と都心のホテルに泊まった。時流に乗ってＧｏなんたらを活用したのである（註：いまとなっては、これまた記憶の彼方といった感があるが、Ｇｏ Ｔｏ トラベルのことで、旅行代金がいくらかお安くなった。原資は税金だし、みんながタイミングよく旅行できるともかぎらないので、なんかおかしい政策な気がするも、まあ活用してみた）。

そのときは新型コロナの何回目かの盛り返しが来ていなかったので、私はわりと通常どおりに外出仕事もしていた。しかし友人（自由業）は、もともと在宅仕事ということもあり、打ちあわせなどはすべてリモートにしていたそうで、なんと半年以上ぶりに都心に出るとのこと。それゆえか友人の感染予防意識は半端ないレベルにまで高められており、「電車で一本の立地にあるホテルにもかかわらず、窓を開けたタクシーで向かう」「こまめすぎるほどアルコールで手指消毒をする」「ルームサービスを頼む」「食べる際も窓に向かって並んで座る」などなどの対策を実施。おかげさまで私も無事にホテルでの一泊を満喫できたのだが、ささくれにアルコールが染みて、しょっちゅう「ひょーひょー」と悶えるはめにはなった。

奮発して、Ｇｏなんたらがなければ泊まれんな、というホテルにしてみたら、ロビーからしてむちゃくちゃゴージャスで、あまりにも高い天井の上部は薄闇に融けていて視認できなかった。宇宙空間にそのまま直結している……？　と首をかしげたのだが、ゴージャスな照明がぶらさがっていたので、たぶん天井は存在しているのだと思われる。しかし照明自体もかなり上方にあり、いったいどうやって電球を替えているのかはわからないままだ。

お部屋も（ホテルのなかでは一番お手ごろ価格にもかかわらず）すごく広く、窓からは皇居と高層ビル群と富士山がドーンと見える。こういうこともあろうかと持ちこんだ缶ビールを飲みながら、富士山のほうへ沈んでいく夕日を堪能する。室内は動線もよく考えられていて、くつろぎやすい快適空間になっているし、ルームサービスのご飯もおいしいうえに、ホテルの従業員のかたたちもみなさん感じがいい。「たまには奮発してみるのもいいものだねえ」と、友人と私はすっかりリラックスし、夜景を眺めながら楽しくおしゃべりに興じたのだった。

それにしても気になるのは、はたしてどんなひとがこういうゴージャスホテルを利用しているのか、ということだ。

すっ（挙手）。

うん、三浦くんもいま、たしかにゴージャスホテルに泊まっているが、それはＧｏなんたらというゲタを履かせてもらったからだろ？　先生が言いたいのは、そういうことじゃないんだ。

常日頃、自宅であるかのごとくゴージャスホテルを活用しているのは、どんなひとなんだろうってことなんだ。話が混乱するから、すまないが手を下ろしてくれるか。

すんっ（しぶしぶと挙手をやめる）。

脳内授業で発言権を与えてもらえなかった私は、早朝、寝心地のいいベッドからむくりと起きあがった。まだすやすや眠っている友人を残し、部屋を抜けだして大浴場へ向かう。このホテルはゴージャスホテルなのに、上階に大浴場があるのだ。その点はなんだかビジネスホテルみたいだなと思ったのだが、風呂のしつらえはやはりゴージャスで、広々とした浴槽に浸かりながら、高層ビル群の狭間（はざま）を昇っていく朝日を眺める。

驚いたのは早朝にもかかわらず、すでにジムで一汗かいた女性がちらほらいたことだ。年齢層はさまざまだが、みなさん引き締まった体つきである。ゴージャスホテルは夜の九時半にはルームサービスが終了となり、私は深夜に「店じまいが早すぎるだろ。腹へった！」と思っていたのだけれど、なるほど宿泊客の大半は、夜八時をまわったら飲食しないような、鋼の自制心を備えたひとたちなのだろうと納得した。

もっと驚いたのはチェックアウト後、ラウンジでお茶をしていたところ、連泊中とおぼしき四十代の男性（ラフな恰好（かっこう）・一人客）が店員さんに赤ワインをボトルで注文し、「マイワイングラスを持ってきたので、使っていいですか？」

と尋ねていたことだ。

マイワイングラス⁉　そんな単語をはじめて聞いた。むろん、興味津々で観察したのだが、店員さんの了承を得た男性は、革製の小箱から磨き抜かれたワイングラスを取りだした。店員さんはうやうやしく赤ワインのボトルを運んできて、特大のガラス容器でデキャンタージュしはじめた。

ハウスワインとかじゃない。本格的にデキャンタージュするということは、相当いい赤ワイン……！　それを昼間っから、マイワイングラスで、一人で飲むって、何者なんだ⁉　くそう、私もマイワイングラスを持っていればなあ。彼の向かいの席にグラス片手にすちゃっと座ったら、絶対にすんなりと一杯ぐらいはわけてくれたよ。

そう、彼はマイワイングラス持参で、（たぶん）高いワインを注文しているが、店員さんに対して横柄(おうへい)ということもまったくない、物腰柔らかな感じのひとなのだ。そしてノートパソコンを開き、ワインをたしなみながら、なにやら猛然と仕事をしはじめた。

先生ー、疑問がちょっと解けましたー。ゴージャスホテルに泊まってるのは、夜間の飲食は控え、朝からジムに行き、マイワイングラスを常に携帯する、むちゃくちゃ勤勉そうなひとたちです！

友人と私はラウンジのソファでお茶をすすりながら、「無理だわー」「残念だけど、あたしたちとジムや勤勉とのあいだには無限の距離があるわー」と嘆きあったのだった。

ゴージャスホテルを定宿にできる人間になるのも、自制心、克己心などが要求され、なかなか大変そうだと見受けられた。私はできるだけダラダラ暮らしたい派なので、四十五年に一度ぐらい、なにかの拍子に泊まる程度でいいかなと思った。って、つぎは九十歳とかじゃないか。生きてないがな！


追記：以前、ワインと美食のプロ・岡元麻理恵先生のご指導を受け、「ワインを味わいわけられる舌を獲得しよう」という主旨の本を出したことがある（岡元先生との共著、『黄金の丘で君と転げまわりたいのだ』は、ポプラ文庫から絶賛発売中だよ。ステマ）。岡元先生の熱心なお導きにもかかわらず、私はむろん、どんなワインを飲んでも「おいしいですねー！」と感動するばかりで、舌はまったく養われず、ますます強靭な肝臓を獲得するだけに終わったのだが。

某高級ホテルでマイワイングラスの男性（以下、「マイグラ氏」と略す）を目撃した直後、私は当然ながら、「こういうひとがいましたぜ」と先生にメールでご注進した。すると、ちょっとしてから、先生から返信があった。

「その男性が飲んでいたワインは、これではありませんか？」

メールにあったリンクをクリックし、表示されたワインボトルの画像を見た私は、

「これです、これです！　どうしてわかったんですか⁉」

と驚愕(きょうがく)して返事をした。すると、ちょっとしてから、先生からＡ４用紙四枚ぶんにもわたる推理の流れと、そのワインの解説が送られてきた。さすが先生、ワインのこととなると常軌を逸しておられる（いい意味で）。

結論として、マイグラ氏が飲んでいたのは、イタリアの「パオロ・ベア」というワイナリーの、「ロッソ・デ・ヴェオ」というワインだと判明したのだが、先生がその答えを導きだすまでには、紆余曲折(うよきょくせつ)があった。

先生の長大なレポートをまとめると、以下のような感じだ。

私（三浦）は先生に、この回のエッセイで述べたような情報に加え、「ラベルにみっしりと、薄緑っぽい文字が書かれていた」ということしか伝えていなかった。そのため先生は当初、「カリフォルニアのナパ・ヴァレーにある『ドミナス・エステート』の、『ナパヌック』かしら」と思ったのだそうだ。先生によると、パワーエリートが好むワインなのだそうだ。島耕作が飲みそうなワイン、と思っていただければいいだろう（たぶん）。

しかし先生はすぐに、「いえ、ちがうかもしれない」と思いなおした。というのも「ナパヌック」のラベルは、たしかに活字の文字だけで構成されているし、文字色が緑のグラデー

ションになっているのだが、そのなかに赤い文字も含まれるのだ（註：二〇一二年から、「ナパヌック」のラベルの文字は墨色のグラデーションに変更されたらしい）。にもかかわらず、「薄緑っぽい」とだけ証言するだろうか。しかも、パワーエリートがカリフォルニアなどのビッグネームのワイナリーのワインを好んでいたのは、昔の話。現在のパワーエリートたちの好みは、確実に自然派ワインへと移っている。

となると……？　先生は私が送った、うっすい情報しか記載されていないメールを再び熟読した。「ラベルにみっしりと」とあるが、この「みっしり」は、活字ではなく手書きの文字がいっぱい、ということを表しているのではないか？　だとすると、やはり「ナパヌック」ではなく、自然派ワインでほぼ確定だ。手書きのラベルは、新しい世代の自然派ワインの作り手に多い。そして自然派ということは、効率優先主義のアメリカではなく、ヨーロッパのものである可能性が高い。

実は、先生はその段階で一度、私にメールを送ってきてくれていた。

「このあいだ言っていたワインのボトル、ボルドータイプでしたか、ブルゴーニュタイプでしたか」

私はなぜそんな質問をされるのかわからぬまま、

「ボルドータイプでした」

と答えたのだった（註：ボルドータイプは、ボトルの肩が張りだした形状のもの。ブルゴーニュタイプは、なで肩の形状のもの、と思ってください）。ボルドータイプのボトルという新たな情報を得て、先生の推理はつづいた。

これで、フランスという線は消えた。フランスの自然派ワインの作り手は、ブルゴーニュタイプか、ブルゴーニュとボルドーの中間タイプのボトルを使うことが多いからだ。自然派の高級赤ワインを作っていて、ボルドータイプのボトルを使う国といえば、まずまちがいなくイタリアかスペイン……！

ここに至って先生は、安楽椅子探偵から行動する探偵に変貌した。つまり、自然派の品ぞろえがいいワインショップへと、一目散に足を運んだ（情熱がこわい）。そしてイタリアの自然派ワインの棚で、「薄緑っぽい手書き文字のラベル」の一本を発見したのである。先生によると、「ロッソ・デ・ヴェオ」は年間数千本しか日本に入ってきていないそうなので、一発で出会ったのはすごい偶然というか、先生のワインへの執念が引き当てた僥倖と言えよう。「これだ！」と直観した先生は、さっそく購入して帰り、味わった（いやほんと、情熱がすごすぎないか？）。

「飲んだ感じは、新鮮な果実やスパイス、カカオなどの香りとともに、なめらかな舌触り、力強くも凝縮された味わいがあるのにおおらかでもあって、自然派ならではのうま味が堪能でき、ワインのバランスをよくまとめているなという印象が残りました。これが作り手の個性なのか、土着のサグランティーノという品種の個性なのかは、もう少し飲まないとわかりません」

先生がなにをおっしゃっているのかわからない、というかたもおられるだろう。大丈夫、私もだ。たぶん、「おいしい。今後も味わって、研究を重ねる」という旨を報告してくださっているのだと推測される。

実際に味わってみて、「このワインにちがいない」と思った先生は、私に画像を送ってきてくれた。そして私が記憶していたラベルは、まさに先生が推理したとおりのもの。マイグラ氏が飲んでいたワインは、「パオロ・ベア　ロッソ・デ・ヴェオ」でファイナルアンサーだったのである。

「いやあ、見事にワインを探り当ててくださったのもすごいですが、推理の軌跡も探偵小説みたいでした」

と感激してお礼のメールをしたら、先生からの返信には、

「彼が飲んだヴィンテージ（ブドウの収穫年）を知りたいですね。しをんさん、見ていませんか」

とあった。どんだけワインの鬼なんや。すみません、さすがにそこまで視力よくないし、

ヴィンテージに注目するだけのワインリテラシーもなくて、確認しそこねました……。

さらに先生のメールには、

「マイグラ氏は眼鏡をかけていて、小柄でやせ気味ではありませんでしたか」

とも書いてあった。

「ななななんでわかったんですか！　もしかしてマイグラ氏、先生のお知りあいですか？」

「その場に居合わせたわけではないので、知りあいかどうかわかりませんが（そりゃそうだ）、『このワインを好むのは、こういうひとじゃないかな』というのは、なんとなく推察できます。マイグラ氏は、どこでも最高最善の状態で飲むための強い意志を持っていて、相当マニアックなかたではないかと思います」

先生、占い師にもなれるのではないか？　先生もマイグラ氏も、（いい意味で）常軌を逸したワイン好きであることよと、震えながらひれ伏したのだった。

## 俺たちの戦いは終わらない……！

新型コロナや大雪の影響で宅配便がピンチに陥り、タイミングによっては遅延が生じているらしい。単行本や文庫などのゲラ（校正刷り）は枚数が多いので、私の場合、ＰＤＦをメール添付とかではなく、紙の現物を宅配便でやりとりする。遅延となると締め切りよりも二日ぐらいまえに発送せねばならず、死活問題だ。

困ったことだが、まあこの状況ではいたしかたない。なんとか早めにゲラのチェックを終え、宅配便の集配所に直接持っていったら、受付カウンターにいたのはナルオ（仮名）だった。

ナルオは最近この集配所で働きはじめた、二十代前半と思しき男子だ。茶髪にピアスで甘い顔立ちをしており、いつもだるそうに接客し、接客を終えると即座にカウンター内で髪をいじりはじめるので、ナルオと（勝手に）名づけた。外見が気になるお年ごろなのはわかるし、お年寄りが持ちこんだ荷物の中身に対して、「『食品』ってなんすか」「あの、漬物です」「はあ、漬物（鼻で嗤う）」という態度なのはいかがかと思うが、それでもちゃんと、「だったら冷蔵にしたほうがいいす」とアドバイスしてあげてるので、ナルオはがんばっていると思う。

しかしナルオには悪癖があって、荷物のサイズにめっちゃ厳しいのだ。宅配便のサイズって、専用のメジャーを使い、幅、奥行き、高さの合計を算出する仕組みですよね。たとえば、三辺を測り終えたときにメジャーの色が緑だったら、一番小さいサイズ。黄色に差しかかっていたら、二番目のサイズ、といった具合に。だいたいの宅配便のかたは、ざっくり測って、ちょっと黄色に差しかかっていても、おまけして一番小さいサイズと見なしてくれることもある。

だが、ナルオはちがう。黄色へのわずかなはみだしも見逃さない。なので私も、荷物をできるだけ小さくして、ナルオとの戦いに挑んできた。今回も、ナルオが受付にいるかもしれぬと思い、封筒の余り部分をぴっちり折って、ガムテープで留めてきた。編集さんが中身のゲラを取りだせないかもといううぐらい、みっちみちにコンパクトにしたのである。

どうだ！　私の計算だと、これならぎりぎり、最小サイズで行けるはずなのだ。今日こそは貴様との戦いに勝つ！

と思ったのだが、ナルオはだるそうにメジャーを操り、「80サイズっすね（↑下から二番目のサイズ）」と言った。見事、連敗記録更新！

しかし、私はちゃんと見ていた。メジャーは80サイズを示す黄色の領域に、二ミリぐらい差しかかっただけだった。

そ、そんなの、ナルオがもうちょっとまっすぐメジャーを扱ったり、荷物をちょいと押さえつけて測ってくれたりしたら、どうとでもなる誤差じゃないの⁉　厳しすぎるよ！

むろん、物言いをつけることなどできず、80サイズの料金をおとなしく払った。くそう、いつもだるそうに見えて、真面目だなナルオ！　以前は精密機械を作る工場で働いていたのかなと思うほど、わずかな誤差も見逃さぬ姿勢だ。

ナルオと私の戦いははじまったばかりだ……！　と、打ち切りになる連載の最終回みたいなセリフを胸に、とぼとぼと帰宅する。死力を振り絞ってゲラを早めに終え、万全を期して荷造りしたのに、よもやの80サイズという敗北。ぼくもう疲れたよパトラッシュ……！　正直なところ、この戦いに勝てる気がしない。ナルオのラスボス感、半端ない。

またべつの日、小さな段ボール箱を宅配便で出すことになった。このサイズだと、どう測っても80サイズなので、ナルオと戦い甲斐がない。誤差を云々する余地もないのに、ラスボスであるナルオのお手をわずらわせるのもなと思い（こうまでナルオとの戦いに気合いを入れている人類がいることを、ナルオはご存じないだろう）、コンビニに持ちこんだ。

コンビニのレジにいたのは、二十代前半と思しき女子だった。コンビニでのアルバイトをはじめたばかりの学生さんかもしれない。慣れない様子で宅配便用のメジャーを操り、箱の幅、奥行き、反対側の側面の奥行きを測って、「80サイズです」と言った。

……うおーい！　大変迷ったのだが、どうしてもこらえきれず、

「あの、差しでがましいようなのですが」

と言ってしまった。「幅、奥行き、奥行きではなく、高さを測ったほうが……」

彼女は慎重に幅、奥行き、高さを測りなおし、

「あ、そっか」

「でもサイズは変わらないみたいなんですけど」

と言った。

なんか私がサイズダウンを期待して指摘したみたいになってるけど、そうじゃあないんだ。荷物の形状によっては、当然ながら「幅、奥行き、奥行き」と「幅、奥行き、高さ」ではサイズにちがいが生じる場合だってあるのだから、そこはやはりきちんと「幅、奥行き、高さ」を測らないと意味がないというか、宅配便のサイズの概念が根底から崩れるというか、そういうことを言いたかったんだ。

と思ったが言えるはずもなく、もちろんおとなしく料金を払った。新たな強敵（と書いて「とも」と読む）の出現に、胸が高鳴るぜ……！　とぼとぼと帰宅する。

ナルオの厳密さとコンビニの女の子の自由奔放なメジャーづかいを足して二で割ったら、ちょうどいいサイズ算出具合に落ち着く気がするのだが……、見果てぬ夢だ。

# やりすぎのライン

年々歳々、冬季の耳の冷えがひどくなっている。自転車に乗るときはもちろん、ただ単に歩行しているだけで、顔の両脇に耳ではなく冷凍餃子(ぎょうざ)がくっついてるみたいな気分になる。

睡眠時も耳が冷たく、しかし耳まで布団をかぶると息苦しいので、どうしたらいいのかわからない。小さい巾着袋を耳にかぶせて就寝するほかないのだろうか。美容院で髪を染めるとき、シャワーキャップの小型版のような物体で耳を覆ってくれますよね？　あの形状で、ゴムがきつくなくて、布製で綿入りの耳袋があればいいのになと思う。はっ、ドアノブカバー⁉　ドアノブカバーを代用して、耳にかぶせるとか？　でも近ごろ、ドアノブカバーを使ってるおうちって、あまり見ない気もするな……。

いま念のため、「耳　冷え　キャップ」で検索してみたら、耳専用のドアノブカバーみたいなものがあった！　そうか、これを買えばよかったのか。カチューシャ状の耳当ては、こめかみが痛くなるし睡眠時には向かないかなと思っていたので、朗報である。耳冷えに悩むものたちのために、ちゃんと商品開発してくれるかたが存在していたのだなあ。ありがたい。

耳袋については、この原稿を書き終えてからじっくり比較検討して購入するとして、では私は、これまでどうやって耳冷えに対処してきたのか。

画期的な耳袋が開発されているとは想像だにせず、就寝時は顔の両脇に冷凍餃子をくっつけたまま、文字どおりしくしく泣き寝入りしていました。そして自転車に乗るときや歩行するときは、トナカイ柄の赤いロシア帽をかぶっていました。もこもこした毛が裏地と額あたりについていて、耳当てがぺろーんと垂れている、あれです。ダックスフントの頭部みたいな形状をした、あの帽子です。

しかし当然ながら、ロシアでもないのにロシア帽をかぶるのはやりすぎだ。「一人だけむちゃくちゃ防寒対策してるひと」みたいで気恥ずかしい。ロシアとまではいかなくとも、東京よりも寒いとされる場所だったらいいかなと思い、新潟に行ったときにもかぶっていたら、現地在住の友人（信じがたいほど薄着だった）に、「万全の様子だけど、そこまでしなくても大丈夫だと思うよ」と、おずおずと指摘された。「いや、自宅の近所でも、これかぶってるんだ」と正直に申告したところ、「嘘でしょ！」と爆笑を買った。やはりやりすぎだったか。でもでも、冷凍餃子がちぎれてポロッと取れちゃいそうなんだ！

そういうわけで、近所の商店街へ買い出しにいくときもロシア帽を手放せない。ロシアではないので、歩くうちにさすがに脳天が蒸れる。だが、「垂れ」部分に覆われた冷凍餃子は、ようやく解凍されてきたかなという塩梅だ。脳天は蒸し饅頭（まんじゅう）、耳はお持ち帰り用の生餃子（冷蔵）。中華料理屋さんみたいな状態なのに、かぶっているのはロシア帽。体温も身なりも、もうなにがなんだかわからない。

とりあえず、蒸し饅頭を冷まし、餃子を常温にしたいと思い（つまり、帽子を取ってあったかい場所で落ち着きたいと思い）、喫茶店に入った。何度目かの新型コロナの波が来ているときだったので、お客さんは間隔をあけて座り、ほぼ黙ってコーヒーなどを飲んでいた。

私もぼんやりとコーヒーを味わっていたところ、五十代ぐらいの男性と八十代ぐらいの女性が入店してきた。どうやら親子らしい。男性は一リットルはありそうな消毒液のボトルを持っていて、中身をシュッシュッと噴霧しながら、私の隣のテーブルについた。テーブルの表面や椅子なども、持参したキッチンペーパーに消毒液を染みこませて念入りに拭く。「よし」とマスクの下で男性は言い、「ここに座って」と八十代ぐらいの女性をうながした。

まさに、露払い。というか、露が生じるほど消毒液を噴霧している。私のコーヒーにも確実に消毒液が入ったと思うが、消毒になるのでまあいい（細かいことは気にしない性分）。なんだかすごいな、とコーヒーをすすりつつ横目で様子をうかがっていたら、男性は鞄から二リットルぐらいある消毒液のボトルを取りだし、一リットルぐらいある噴霧用のボトルへと中身を詰め替えはじめた。合計三リットルも消毒液を持ち歩いてるの⁉　一日何リットル、消毒液を

噴霧するの⁉

驚きのあまりコーヒーを口から噴霧しそうになったが、ぐっと飲み下す。そのあいだも男性は、折りを見てテーブル周辺に消毒液を噴霧する。母親らしき女性は、消毒液のせいでちょっとむせちゃっている。「あわわ、やりすぎでは」と自身のロシア帽を棚に上げて気を揉む。

男性は二リットルの補充用ボトルを鞄に戻すついでに、総菜が入っていると思しきレジ袋を取りだし、母親に渡した。

「これを食べるんだよ。また明後日、様子を見にくるから、なるべく外には出ないようにね。あと、帰ったらすぐ手を洗って、消毒もして」

母親は、「うんうん、ありがとう。家にいるから大丈夫」と言って、レジ袋を受け取った。

そうか。男性は、高齢のお母さんが万が一にも感染してしまっては大変だと心配して、消毒液噴霧マシンと化しているんだな。お母さんもそんな息子の気づかいがわかってるから、むせながらも「やりすぎ」とは言わずにいたのだ。

やりすぎでは、などと思ってすまなかった！　優しい息子さんだのう、と心のなかでロシア帽（シャッポ）を脱いだのだった。椅子に置いていた実物のロシア帽は、男性が噴霧しまくる消毒液を浴び、ややしっとりしていた。いややっぱり、ちょっとやりすぎかもだぞ！　消毒になるので無問題だが。

## 不思議な生き物

近所に住む父の足腰が弱ってきている気がするので（加齢）、散歩に誘う。私も先日、検診に行った病院で血圧を測ったところ、下がちょっと高かった。

血圧の「上」と「下」って、なんなのかよくわかっていないのだが、いままで見たことなかった高値がはじきだされたぞと思い、ネットで調べてみた。血圧が下だけ高い主な原因は、肥満、運動不足、更年期などだそうだ。うん、薄々そんな気はしていたな。そういうわけで、散歩をして少しでも足腰を鍛え、運動不足を解消するのが、父と私の喫緊の課題なのだ。

ちなみに、検診してもらったのはやや大きめの病院だったのだが、新型コロナウイルスの感染予防対策として、採血室も、隣の席とのあいだが透明のアクリル板で仕切られていた。手慣れた様子で採血してくれる看護師さんに腕を差しだし、しかし私は注射の類が苦手なので、針が刺さるのを見たくなくて顔をそむけた。

そしたら隣の席で採血されていたおじさんも顔をそむけており、私たちはアクリル板越しに見つめあうことになってしまった。互いに血を抜かれながら拘置所で接見してるみたいな、妙な塩梅。だが、いまさら逆方向に顔をそむけるのは失礼な気がしたし、針が刺さってるのを直視するのもいやだしで、我々は見つめあったまま数十秒を過ごし、同じタイミングで採血が終わったので、アクリル板越しに会釈を交わしたのであった。コロナ禍が生んだ、おじさんと私の微妙な連帯……！

　という話を母にしたところ、

「えー、私は注射大好き！　針が刺さるのも、血が抜かれてくさまも、いつもじっと見てる！」

と言うので驚いた。そういうひともいるだろうとは思っていたが、案外身近に存在した。母はいつも、「枕が変わると眠れない」と繊細っぽいことを言うわりに、つぎの瞬間にはぐーすか寝ている。そりゃあ、注射だってへっちゃらだよな。

　母は新型コロナのワクチン接種も待望しているのだそうだ。感染予防への期待というより、注射を打ってもらえる機会がめぐってくるのが楽しみでならないらしい。知ってはいたが、やはりなんかちょっと不思議なひとだなと思った。

　さて、父と私は散歩に出かけた。

「もっと足を上げるよう意識して！」

と指導しつつ歩いていたら、二人して巨大な蚊柱（かばしら）につっこんでしまった。

「眼鏡をしてるのに、虫が目に入った」

と父は言う。

「お父さんも私も、目が細いじゃない」

「うん」

「なのに虫が目に入ると、なんか損した気分というか、腹が立たない？」

「そうだなあ」

「目が大きいひとは、私たちの何倍も虫が目に入るってことなのかな」

「そうなんだろうなあ」

暇としか言いようのない会話をしながら、ドッグランのある公園に向かう。父も私も、ここで犬を眺めるのが大好きなのだ。

しかし父は、犬自体はどちらかというと苦手としている。子どものころ、飛んでいってしまったボールを取りに近所の家の庭に侵入したところ、そこんちの飼い犬であるシェパードにお尻を嚙まれたからだそうだ。シェパードは当然の責務をはたしただけで、なにも悪くない。犬が苦手なのに、どうして父がうきうきして、「犬の広場（ドッグランのことだ）に行こうか」と毎度持ちかけるのかは、よくわからない。

私たちはドッグランのそばにあるベンチに腰を下ろした。父はやっぱりうきうきして、

「今日もいろんな種類の犬がいるぞ。そしてなぜか今日もお尻を嗅ぎあっている！」

と、元気に駆けまわる犬たちの様子を観察する。

「シェパードもお父さんのお尻に挨拶したんじゃないの」

「挨拶で嚙むやつがあるか」

愛らしくじゃれあっていた小型犬のうちの一匹が、飼い主に抱きあげられた。するともう一匹が、なにかを訴えるように猛然と鳴きだした。私は声色をつかって、犬の気持ちを代弁する。

「『おい！　俺の友だちをどこへ連れてくんだ、不審なやつ！　その子を下ろせ！　まだ遊びたいぞ！　友だちを連れてくのはやめろ！』」

「ふふ」

「ね、こう言ってる感じがするよね」

「うん。犬ってのは不思議なもんだ」

「やっぱり好きなんじゃん」

「好きじゃあない。やつらは嚙む」

「不法侵入するからでしょ」

しばらく犬を眺めたのち、私たちはまた歩きだす。「もっと脚の筋肉を意識して！」と指導する。

テレビの「世界のご当地グルメ」みたいな番組で、「わー、これ、おいしいけどなんの肉だろう」とリポーターが言うと、父は必ず画面の外から、「ワニ！　絶対にワニだ！」と回答する。なんで毎回、ワニ一択なんだよ。正解がワニだったことは一度もない。

父も犬と同じぐらい不思議な生き物だと私は思っている。

章末書き下ろし　その一

# 金言を授かる

占いに行った。

私は占いに対する感度が低く、これまで占ってもらったのはたぶん二度だけだ。どちらも友だちが行くと言ったので、くっついていって、ついでに占ってもらった。それももう二十年以上まえのことで、ふだんはテレビや雑誌の占いコーナーもボーッと眺めるばかりだ。

しかし先日、ちょっと時間が空いたし、ちょうど目のまえに「占いの館」的なものがあるし（原宿ではない）、ひさしぶりに占ってもらうかという気持ちになった。ふらりと店に入ると、いくつかのブースが並んでおり、平日の昼間にもかかわらず、あちこちから占い中らしきぼそぼそとした話し声が聞こえる。かなり盛況の様子だ。私が知らないところで、こんなにも占いを求めている人々がいたとは、と驚きに打たれる。

さて、私も受付に掲げられた「本日の占い師」のボードを見て、「タロット占いと筆跡占いが得意」だという占い師さんを指名した。筆跡占いってどんなだろうと、ちょっと興味が湧いたからだ。教えられた番号のブースのまえに立ち、カーテン越しに「あのー、すみません」と声をかけると、「どうぞ、お入りになって」と落ち着いた女性の声が返ってくる。

ブース内にいたのは、五十代ぐらいの髪の長い女性だった。服装やメイクに派手さはなく、道を歩いていても「占い師さんだな」とは思われないと思うが、とにかくしっとりと低めな声が魅力的である。挨拶を交わしながら、「なんだか説得力があるぞ」と感心していた私は、

「今日はどうなさったの（しっとり）」

と占い師さんに聞かれ、ハッとした。

しまった、なんとなくの思いつきで占ってもらうことにしたから、特に悩みがないぞ……。恋愛？（皆無）　体重の増加？（自力でなんとかしろ）　ええい、なんとかひねりだせ自分！

「仕事運についてご相談したく……（無味乾燥な仕事人間なんだなと、我ながらがっかりだ）」

「まあ、お仕事うまくいってないの？　コロナ禍だから？　それとも上司との関係？」

「いえ、コロナとはあまり関係ない職業ですし、自営業なので上司はいないです」

「あら、そうなの。じゃあいったい、どういうところに問題を感じてるの？」

「やる気が……、出ないんです！」

コロナ禍で大変なひとや、上司との関係に悩んでるひとがいっぱいいるというのに、なんだこの腑抜けた相談は、と自分でも気恥ずかしくなってきたのだが、誤解しないでほしい。いつだって、どの原稿だって、やる気マックスで取り組んでいる。だけど原稿を一本書きあげると

ドッと疲れて、つぎの原稿に取りかかるためのやる気を溜めるのに、年々歳々、時間がかかるようになってきたのだ。加齢のせい？　だとしたら、これもやはり「自力でなんとかしろ」案件ではないか。

ちっちゃすぎる悩みを相談してしまったな、ともじついたのだが、占い師さんは「ふむふむ」と親身にうなずき、

「やる気が出なくなったのはいつごろから？」

と優しく尋ねた。

「そうですねえ……、八年ぐらいまえからですかね」

「長いわね！　それもう、やる気が出ないのが常態だから、気にしなくていいわよ」

ええー、そんなアドバイス⁉　と思うも、たしかに、出ないやる気を無理に出そうとするのがまちがいだったのかもなと、なんとなく気持ちが軽くなる。

しかし気になるのは、これって占いではなくカウンセリングなのでは？　ということで、私のかすかな疑念の眼差しに気づいたのか、占い師さんはタロットカードを切りはじめた。

「じゃあね、八年まえになにがあって、あなたからやる気が失せたのかを占ってみます」

「お願いします」

占い師さんに言われるがまま、タロットカードに念を送る。そののち、占い師さんは束のう

えから順に、何枚かのカードをめくって並べた。

「うんうん……、わかりました」

と、占い師さんは厳かに述べた。「八年まえ、あなたに悪霊が取り憑いたのね」

「あああ悪霊⁉　いったいだれの悪霊なんですか」

「行きずりの悪霊よ（しっとり）」

行きずりの悪霊という概念をはじめて聞いたので頭が混乱したが、えええー、恨みを買っただれかの怨念とかですらなく、単なる行きずりなの⁉　そんな気軽に、見も知らぬ私に取り憑かないでほしいよー。

「どうすれば、その行きずりの悪霊にいなくなってもらえるんでしょうか」

「あ、大丈夫。もう悪霊は離れてます」

えええええー、行きずりが知らないうちに憑いて離れてた！

「ということは、いまもなお私のやる気が出ないのは……」

「それがふつうの状態ってことですね。やる気なんていつか出るものだから、気にすることないわ（しっとり）」

えええええ……（↑驚き疲れた）。そりゃ、永遠に出ないやる気ってのも少数派だろうけど、私はできることならいますぐ出したいわけで、それに関するアドバイスはないのか。

するとと占い師さんは、筆ペンでレポート用紙に、「なせばなる」的なことをさらさらと書いた。

「わあ、ものすごく字がお上手ですね」

「占いの修業よりもまえから、書の修業をしてたから」

占い師さんはインクが乾くのを待って、レポート用紙を折り畳む。

「せっかくの書なのに、折っちゃっていいんですか？」

「いいのよ。はい」

と、占い師さんは折ったレポート用紙を差しだした。「お守りがわりに、お財布にでも入れといて」

もうほんとに驚くことばかりなんだけど、筆跡占いって、相談者の筆跡から占うんじゃなく、占い師さんの筆跡で相談者を励ますって意味だったの⁉

むろんありがたく受け取った。そのレポート用紙はいまも財布に入れてあり、レシートを整理する際に広げて眺める。やっぱり、あれは占いではなくカウンセリングに近いなにかだったのではないか、という気がしなくもない。しかし、「やる気なんていつか出る（しっとり）」と言ってくれた占い師さんを思い出し、未(いま)だ「いつか」が訪れる気配はないのだが、まあいいかと晴れやかな気持ちになる。

ほんの数十分ではあるが、占い師さんは親身になって相談者の話に耳を傾け、悩みについて真剣に考えてくれる。しかも、個人的に親しい仲ではないので、どんなに深刻な悩みを打ち明けてもあとくされはない。そういう存在が世の中にいるというのは、実はけっこう大事なことなのかもしれない。大勢のひとが平日の昼間から占いに行く理由の一端が、なんとなくわかったような気がしたのだった。

追記：ところで、占いにはなんらかの「テクニック」もあるのだろう、ということがうかがわれた。占い師さんは私が独身だと知ると、

「結婚の目も出てるわよ」

と言った。しかし私が、

「えー、まっっったく思いあたるふしがないですね」

と、はかばかしい反応を返せずにいると、

「行きずりの悪霊が憑くってことは、よくあるの」

と、すぐに悪霊の話に戻したのである。いま考えると、「結婚相手は行きずりよ」ということを暗示してくれていたのかもしれないが、行きずりの結婚ってどんな結婚なんだ。相手だっていやだろ、そんなの。

また、私の知人（三十代女性）も、「仕事の悩みがあって……」と占ってもらったことがあるそうだが、そのときの占い師さんは即座に、

「職場で不倫？」

と聞いてきたらしい。不倫の覚えがない知人は、

「私がいかにも不倫しそうってことなんですかね」

と憤慨していたが、たぶんそうではない。私が「仕事運」と言ったときに、占い師さんが「上司との関係？」と挙げたことからもわかるように、職場での人間関係に悩んでいるひとが極めて多い（比較的若い女性の場合、「関係」のなかに不倫が含まれることも多い）と、占い師さんたちは経験則から導きだしているのではないだろうか。私に「結婚」の話を振ってみたところからしても、恋愛や結婚が占い客の関心の焦点、悩みの核心にあることが多い、と認識しているのだと推測される。

なるほどなあ、と思う。

私がこれまであまり占いに興味がなかったのは、占いの結果を覚えていられないからだ。そのため、せっかくのアドバイスを日々の暮らしに活かせず、しかしそれでも生きてはこられたので、「じゃあ占ってもらわなくてもいいか」と思っていた。だが、もうひとつの理由は、「占ってもらうような、明確な悩みがない」からだ。交際相手との相性、いったいいつ

結婚できるのか、といったことを、真に思い悩んだことが一回もない。漫画の発売日に本屋さんに行けそうもなくて、でもＡｍａｚｏｎで予約注文してもほんとに発売日に届くかはわからないわけで、どうすりゃいいですかね、という悩みを相談したところで、占い師さんを悩ませるだけだろう。

もし私の推測が正しく、占いに行くひとの多くが恋愛がらみのなにかで悩んでおり、それゆえに占い師さんも恋愛がらみのジャブを放つことを「テクニック」としているのだとしたら、世の中と私との乖離(かいり)は恐ろしくなるほど著しい。だが、「こんなに乖離してて大丈夫なんでしょうか」と相談しても、やはり占い師さんを悩ませてしまうだろうと思うので、私は私の道を行く。あと、発売日に本屋に行けるように、なんとか時間を捻出する。

これまでの数少ない占い経験から、ちゃんと教訓を得ていたので、今回は占い結果をこうして書き記すことにした。これでもう忘れない。忘れても読み返せる。「やる気なんていつか出る（しっとり）」。いい言葉だ。

# 三章

# のんびりがいちばんだ

# 怪異譚

うおい！　もう一カ月経ったのか！

この原稿の締め切りが迫ってきて（嘘だ。実際は、「もうとっくに過ぎた締め切りを直視せざるを得なくなって」だ）、私は泡を食って手帳のページをさかのぼった。いったい一カ月間、おいらはなにをしてたんだ？　なにも書くことがなくてピンチだぞ。

手帳を確認したところ、ずーっとずーっと家に籠もってゲラ（校正刷り）をチェックしていました。自分の文章を読み返すのは地獄の日々でした。そしていまも地獄はつづいています。いつ終わるんだ、このゲラ。

そのかたわら、怪談の本もあれこれ読んでいた。怪談を読んでるからゲラが終わらないのでは？　と、みなさまは疑念を抱かれることだろう。たしかにその疑念にも一理あると認めるにやぶさかではないのだが（つまり、サボっててごめんなさいと言いたいのだが！←なぜ逆ギレする）、地獄を見たらですね、「もういっそのこと、もっと怖い目に遭いたいな」ってマゾヒスティックな思いに駆られてしまったのですよ。それでついつい、怪談本を……。

結果として、意を決さないとトイレに行けなくなり、膀胱が破裂寸前まで追いつめられることしばしばだった。怖いの苦手で、友だちと集まってるときにホラー映画鑑賞会や怪談会がはじまりそうな気配があったら、「わーわわわわわ、まあ飲もう！」と雄叫びを上げて阻止する派なのに、どうして読んでしまったんだ。こんな地獄の上塗り（？）を呼びこんだゲラが憎い。

しかし怪談の本、楽しいな。私が読んだのは実話系の怪談ばかりなのだが（「大阪の○○にお勤めの、Aさんから聞いた話だ」といったもの）、わけがわからないおぞましさの気配に満ちた話も多い。だが、静かな哀しみや切なさが漂う話や、怪異に直面した本人がやけに呑気だったりする話もあって、読んでいると怖さだけではない、ありとあらゆる感情が胸に渦巻く。そういう意味での「楽しい」だ。幽霊が実在するかどうかはべつとして、幽霊を目撃したひと、怪異を体験したひとは、いまも昔も多く存在する。その一点をもってしても、人間の心とは不思議なものだなあと思う。

そういうわけで膀胱がピンチに陥ったのだが、私自身は霊感が皆無だ。それはそれで味気ないというか、鈍感すぎる人生かもしれんなと思っていたところ、昨日、怪異に遭遇した（ほやほやすぎる怪異の報告）。

近所のスーパーで買い物をし、牛乳や卵を提げてぷらぷら歩いていたところ、行く手の歩道のどまんなかに小型犬サイズの白い毛玉がへたりこんでいた。ていうか、白い小型犬だった。

でも、飼い主の姿は見当たらず、犬は地べたに完全に腹をつけ、うしろ脚もカエルみたいに開いてのばしている。

「迷子の犬が、行き倒れ⁉」と慌てて駆け寄ろうとしたら、犬はピョイと元気に立ちあがった。しかし、立ったあとの地面に水たまりができていたのだ。実話系怪談本を読みまくっていた私は、「完全にあれだ、『タクシーに乗ってきた女がいつのまにか消えていて、後部座席が濡れていた』というやつだ」と震えあがった。真っ昼間の路上で、小型犬バージョンを目撃してしまった……！

そしたら、離れたところにいたらしいおばちゃんが近づいてきて、喜ぶ犬をいなしながら、地面の水たまりにペットボトルの水をかけた。

うおーい！　ちゃんと引き綱をつけて散歩させてやれよ！　あと、犬！　なんでそんな妙な体勢でおしっこするんだきみは！

実体のある小型犬でホッとしたが、霊感がないと逆に、この世の事象すべてを怪異と誤認してびくついてしまう、という弊害があるなと思い知らされた。

怪異といえば、知人Sさんからこういう話を聞いた。Sさんはドライブの途中で尿意を覚え、某高速道路にある某サービスエリアの女子トイレに立ち寄った。サービスエリアのトイレって、広くてたくさん個室が並んでいますよね。すいていたので、Sさんはさっさと真ん中あたりに

ある個室に入って用を足し、「さて」とドアを開けた。Sさんが出たばかり
同時に、トイレに入ってきた女性がまっすぐSさんのほうにやってきて、Sさんが出たばか
りの個室に入ったのだそうだ。

「空いてる個室は、ほかにもごまんとあったのにですよ？」

とSさんは言う。「そういうときはふつう、べつの個室にしませんか。なんか変というか、
気持ち悪いなと思いました」

その個室に忘れものをしたのに気づいて、取りに戻ってきた、という可能性も考えられるが、
Sさんによれば、個室内に特段目立った荷物などはなかったそうだ。それに、真ん中あたりに
ある個室なのだから、忘れものを探しているのだとしたら、周辺の空いてる個室をもうちょっ
と確認してまわる素振りがあってもいいだろう。個室に番号が振られているわけじゃなし、ど
の個室に入ったかなんて、すぐにわからなくなってしまうもんな。

「ということはその女性、個室にピンポイントで取り憑いた幽霊では……」

「実体でしたね」

あ、そう。実体だからこそ、なおさら「なんで？」と、ちょっと怖い話なのはたしかだが、
怪異ではなかった。幽霊だったほうがまだしも説明がつく、ということはあるのだなと思い知
らされた。

あと、私には怪談を書く才能が決定的に欠如していることもわかった。幽霊や怪異とは、非常に繊細な「なにか」なのだ。飯！　風呂（は入らない）！　寝る！　って感じに日々を過ごしているものには、怪異は訪れないし、怪異をうまく記して伝えることもできないのである。無念。


追記：この回を連載時に読んだ友人から連絡があった。彼女曰く、

「考えてみたんだけど、その女性はやっぱり、個室に取り憑いた幽霊ではないと思うよ。自分のまえにどんなひとがトイレを使ってたか、はっきりしていたほうが安心だからってことなんじゃない？」

とのことだった。その発想はなかったが、なるほど……！

## きわまる現実逃避

前回、実録怪談本を読みまくっていた私は、今度はロマンス小説を原作とした漫画を読みまくる日々に突入し、すでに三十冊以上を味わってしまったことをご報告します。実録怪談本からロマンス漫画へ。落差がすごいし、どんどんのっぴきならない状況（締め切りとか）に追いこまれたせいで、現実逃避の度合いが深まってるんだなとうかがわれる。

しかしロマンス漫画（ずばり言うと、ハーレクインコミックスだ）、おもしろいな。いろんな少女漫画家の先生が描いておられて、美麗な絵柄と的確なストーリーテリングでうっとりするような恋物語を堪能できる。電子書籍になっているので、「おっ、すごい大御所の先生の作品じゃないか！」と、夜中につぎからつぎへとポチポチ購入しては読みふけってしまい、キリがない。「どうしてロマンス界においてギリシア人富豪はこんなに独善的なのか」とか、「どうして『しまった！　すまない、避妊を忘れた』（情熱ゆえに）という論法が通用するのか」とか、いろいろツッコみたいところはあるのだが、それも含めて楽しい読書だ。

ロマンス界の名誉のために言い添えると、「ヒロインは男性経験がなく、素敵な男と出会って恋をし、すったもんだあったのちに結婚し、子どもを生んで幸せな家庭を築く」というお約束のストーリーや、「ギリシアの富豪＝独善的、アラブの富豪＝傲慢、カウボーイ＝たくましく無口」といったような雑な認識（関西人＝ふだんの会話にも必ずオチを求める、みたいな）に対する反省と批判的眼差しを兼ね備えた、時代に合わせて進化した作品も多数生みだされている。そういう意味でも、ロマンス物を読むのは楽しいのである。私のなかでは、文楽や歌舞伎を見るのと同じ行いに分類されているのかもしれない（演目や筋立てはすでに知っていても、時代や演者によって当然ながら解釈や表現が異なって、そこに発見や深みが生じる）。伝統芸能が積み重ねてきた安定感と、型があるがゆえに、かえって思いきって追求できる革新性／実験性というか。

ロマンス小説を原作とした漫画には、ほかにも楽しさがあって、それは「原作をいかにうまく漫画化しているか」を分析することだ。今回読んだ漫画のなかには、もともと原作の小説を読んでいたものもあり（ああそうさ、ハーレクイン小説が好きさ、私は）、「ちょっと不遜すぎるのではと思われたヒーローが、漫画版ではむちゃくちゃ魅力的！」「ちょっと冗長すぎるのではと思われたストーリーが（以下略）」「見せ場の配置がうまくて、画面がダイナミック！」などなど、漫画家の先生たちの実力と解釈力にシャッポを無数に脱いだ。原作はどんなふうなんだろうと気になって、未読のロマンス小説のいくつかもポチリと購入し、ふがふが読みふけってしまったほどだ。

くそっ、小説と漫画の絶妙なる相乗効果！　一冊数百円だしと油断しているうちに、どんどん引き返せないところに……。はっ、もしやこれはハーレクイン社の策略なのか⁉　俺としたことが、その魅力にまんまとはまってしまったというのか……！（まあ私の場合、もとからはまってたのだが）

ロマンス物のヒーローふうに苦悩してみた。ヒーローはたいがい、忙しすぎるビジネスの日々（ニューヨーク市場の動向をチェックしてることが多い）を送っているうえに、一族内に軋轢（あつれき）を抱えているので（親戚が社長の座を狙って暗躍してることが多い）、心がすさんでいる。そのうえ、これまで女にモテまくって手軽なアバンチュールしかしてこなかったため、本心から彼を愛するヒロインのことも信じられず、すぐ「なにかの策略か」と疑うし、彼女の魅力をなんとか否定しようと無駄な抵抗をするものなのだ。でも結局、「しまった！（情熱ゆえに）」なんですけどね。そこは彼女のためにもちゃんと避妊しろよ。理性がその調子でビジネスのほうは大丈夫なのか、と心配だが、大丈夫だ。ヒーローはちゃんとニューヨーク市場の動向をチェックしているからな。

「市場の動向」と言われても、なにをどうチェックするものなのか、ロマンス物を読んでも読んでも吾輩にはピンと来ないのだが、今後もロマンス界の動向は鋭意チェックしていく所存だ。これに関しては、どうチェックすればいいかわかっている。ひたすら読むのみ！　ふがふが。好きなものに対しては解像度が上がる。世の真理である。

いや、遊んでばかりいるわけではなく、さきごろ、拙者の新刊も発売されたのだが（二〇二一年、双葉社刊の小説『エレジーは流れない』のことでした。ステマ）、もう紙幅がないじゃないか。ロマンス界について熱く語りすぎた。

友人から、

「読むねー。それにしても小説の新刊、三年ぶりなんだ」

と連絡があった。「もういっそのこと、『月に百円支払うと、三年後に一冊届く』っていう積み立て方式にしたら？」

「でも、積み立てた合計額が三千六百円にもなるよ。私が出す単行本って、だいたい一冊千六百円ぐらいだから、詐欺になっちゃう」

「じゃあ、差額分として月に一回、お金払ってるひとしか見られないブログを書くとか」

「貴様は俺をどこへ導こうとしているのだ！　それ、ちょっと胡散臭い(うさんくさ)サロン商売のにおいがするぞ」

友人は、「わはは、ほんとだ」と笑った。

「新作を書いてる途中にも定期収入が発生するといいなと思って考えてみたんだけど、結果的にやばすぎる案になっちゃった。やっぱり、なにごとも地道にやるのが一番ということだね」

そうだな。地道に現実逃避しつつ、地道に書くよ。


追記：この回の近辺、仕事に追われてる感が出てしまっていて恐縮です。え、そのわりには怪談本やロマンス物に夢中みたいだな、って？　まあ、それは別腹ということなんでしょうなあ。別腹は大切なもので、ちゃんと満たさないと飢え死にしちゃいますしね、ええ、ええ。

そもそも、なんの仕事でそんなに忙しかったのか覚えていない。喉もと過ぎればすべて忘れる。だから性懲り（しょうこ）りもなく、また仕事を詰まらせる。

怪異には出会えていないままだ。なんとなく、怪異と「反省のない人間」とは、食いあわせというか相性が悪いからなんじゃないか、という気がしている。

# ヒーリング散歩

これはもしや史上最高にまずい状況なのではというぐらい仕事がピンチで、家に籠もる日々を送っている。結果として、この一カ月に私がした特筆すべきことといえば、「友だちが飼ってる犬の散歩（一回）」のみです。

友人宅のワンコは毎日きちんと朝晩の散歩をし、それでもちょっと太り気味だということで、ご飯は少なめにしてるらしいのだが、私はたった一回の散歩！　しかも海苔（のり）の佃煮（つくだに）とか塩ウニとかをおかずに三食もりもりご飯を食べてしまっていて、大丈夫なのか自分。この危機的状況を打開すべく、固い意志のもと、体重計の電池を抜いた。これでもう現実を直視せずにすむから大丈夫だ。

件（くだん）のワンコはもふもふした中型犬で、やや足が短く、お尻がぷりぷりしている。どうしても犬種を覚えられないのだが、とにかく「きゃわわー」としか言いようのない姿をしており、賢くて優しい子だ。散歩に同行したいなと思って友人宅を訪ねたら、ワンコが玄関先まですっ飛んできて出迎えてくれた。こんなに私を歓待してくれる生き物、世界じゅうを探したってきみ以外にいないよ……！

感激に震える私をよそに、遊び相手が来た、とちゃんとわかっているワンコは、「さんぽ、さんぽ」とカチカチ歯を打ち鳴らして催促する。興奮が絶頂に達すると歯を鳴らしてしまうという習性を持った、獅子舞みたいなワンコなのである（ひとを噛むことは絶対しないし、吠えることもほとんどない）。

しかしまあ、まずは手土産のせんべいの箱を友人に渡し、しばしおしゃべりする。散歩への期待を裏切られたワンコは、しゅんとして我々のかたわらに座っていたのだが、ふと見たら箱の包装紙をかじっているではないか。

「あっ」

と言ったら、ワンコは顔を上げ、友人と私を順繰りに見た。明らかに、「しまったー、ついかじってしまったぞ。怒られるかな」という表情だ。考えていることが丸わかりで、あまりにもかわいい。まだ一歳で子どもだし、ダイエット中でもあるから、そりゃかじっちゃうよね。

私はでへーととろけた。

だが飼い主である友人は、ちゃんと躾けねばと思ったのだろう。

「こらっ」

と怖い顔をして、せんべいの箱を取りあげる。「これをかじったの、だれ？　だめだよ！」

するとワンコは尻尾を垂らし、しおしおと部屋の隅に歩いていった。「私じゃないです」と言いたいようだが、チラッ、チラッと我々のほうをうかがうので、「うしろ暗いところがあります」と自白しているも同然だ。

「ずいぶん表情豊かだねえ」

と私は笑ってしまった。

「犯行を自覚してはいるみたいなんだよね」

と友人は言い、今度は優しい声でワンコを呼んだ。ワンコは、「おや？　ご主人、許してくれたのかな。もしかして、うまく誤魔化せたのかも」と思ったらしい。喜び勇んで駆け寄ってきた。そこへ友人が、せんべいの箱をパッと掲げてみせる。ワンコはくるっとまわれ右し、再び部屋の隅に戻った。「やばい！　証拠の品！　ご主人、怒ってる！」。チラッ、チラッ。

優しい声↓せんべいの箱が数度繰り返され、そのたびにワンコは部屋のなかを猛スピードで往復した。あまりのけなげさ、愛らしさに、私は爆笑した。

「も、もうやめてあげて……！　ホシは充分反省してますから！」

「すぐに忘れる反省なんだけど、そうだね、これぐらいにしとこう」

友人はせんべいの箱を棚のうえに置き、「散歩に行くよ」とワンコに声をかけた。むろん、ワンコは最速のスピードですっ飛んできて、喜びに歯を打ち鳴らしたのだった。

夕暮れの土手を、友人と私とワンコはのんびり歩く。川べりに行きたがったワンコは、友人を引っぱるようにして土手を駆け下り、浅瀬で水草を嗅いだりして遊ぶ。

しばらくすると飽きたようで、唐突に土手を駆けあがる。引き綱を持つ友人も、私も、すでに一時間近く散歩しているので、土手を這いのぼる途中で力つきる。ワンコは、「どうしたの？　早く早く！」といった様子で、土手のうえで待っていてくれる。

「犬の一歳って、人間だと何歳ぐらい？」

「十五歳ぐらいかな。体感的には六歳ぐらいの活力な気がするけど」

「そりゃピチピチだわ……」

ぜえぜえしながら土手の道に戻った私たちを、ワンコは引き綱なしで遊んでいい原っぱへと誘導した。友人がバッグから取りだしたボールを投げると、弾丸のように駆けていって、くわえて戻ってくる。たまにボールの行方を見失うので、草むらに隠れたボールを私たちが拾いにいく。また投げる。くわえて戻る。疲れ知らずの体力である。

「これ、何回繰り返すの？」

「最近ボール遊びに夢中で、こっちが切りあげないかぎり永遠だよ。もう二週間、散歩のたびにつきあってるから、そろそろ私の肩が壊れそう」

友人はワンコのせいで、連投する高校球児みたいな状態になっているらしい。ワンコは私たちの足もとにボールを落とし、「さっさと投げんか」と歯を打ち鳴らす。

はまった遊びがあると、諦めることなく「一緒にやろうよ」と誘いをかけてくる。そういうところも人間の幼児と同じだなと感心しつつ、友人の肩を温存するために私もボールを投げた。ぷりぷりのお尻が、原っぱの草のあいだに見え隠れしている。はー、かわいい。生まれ変わるなら友人宅の犬になって、ひたすらボールを追ったりせんべいの箱をかじったりしながら暮らしたい。

追記：友人宅のワンコは、見事ダイエットに成功したそうだ。二キロだか絞ったらしく、それ、人間に換算したらかなりの減量なのでは⁉　がんばったな、ワンコ（とボールを投げつづけた友人）！

# アヒルと知恵比べ

先月にひきつづき、友人の飼い犬の散歩に同行させてもらった。今回はもう一人の友人も一緒に、ドライブがてら大きな公園に行ってみようということになる。

登場人物（犬含む）が増えてきたので、呼び名をつけよう。犬は「プリン」ちゃん（お尻がぷりぷりしているから）、プリンの飼い主は「友人A」、もう一人の友人は「友人B」とする。

友人Aの運転で、車に乗って公園に到着。雨が降りそうだったからか、あまりひともおらず、のんびりとプリンを散歩させるのにうってつけだ。園内には池もあり、アヒルが一羽、優雅に泳いでいた。プリンは池にかかった小さな橋から、興味津々でアヒルを眺める。アヒルは内省にふけっている様子で、こちらには目もくれない。

「なんだか思慮深そうなアヒルがいますね」

「あっ、後頭部の羽毛が寝癖のようにはねている」

我々はそのアヒルを「羽生さん」と呼ぶことにした。いつまで経っても「寝癖＝羽生さん」なのは、偉大な棋士である羽生善治先生に失礼ではという気もするが、寝癖よりも、うつむきかげんで深く思考しているアヒルのたたずまいのほうにこそ、羽生さんみを感じたのだと思っていただきたい。あと、いま念のため画像検索してみたところ、羽生先生は近年でも御髪(おぐし)が盛大に乱れておられることがあるようで、「そりゃ将棋の深遠さをまえにしたら、寝癖なんてどうでもいいことかまっていられないよな」と、納得とともにキュンとしたことをご報告する。

アヒルの羽生さんに別れを告げ、順路表示に従って園内の小道を散策する。ちょっとした雑木林を抜けたら、芝生の広場があった。

するとそこに、アヒルが一羽立っていたのである。

「あれは……、羽生さん!?」

「でも、ついさっきまで池で泳いでたのに」

「羽生さんの家族かな。しかしどうも、寝癖に見覚えがあるような?」

相手がアヒルなので、同一人物(ひとじゃないが)なのかどうかいまいち確信を持てず、ざわつく我々。

プリンは羽生さん(暫定)と遊びたいようで、果敢に突進していく。むろん引き綱をつけているので、惨劇が起きぬよう友人Aが引っぱってとどめる。羽生さん(暫定)は、プリンがもうちょっとで飛びかかれるかもという距離まで迫ると、余裕の風情で二、三歩退き、また泰然とたたずむ。

「羽生さん（暫定）、明らかにプリンを挑発してからかっている！」

「やっぱり池にいた羽生さんなんじゃない？　橋を通った私たちをちゃんと見てて、『犬がいるな。ふふ、ちょうど暇だったし、ちょいと遊んでやるか』と思ったんだよ」

「それで、『順路からして、そのうち芝生の広場に行くはずだ』と、さきまわりして待ちかまえてたってこと？　だとしたら羽生さん、ただものではない……！」

我々が、「羽生さん（暫定）と池にいた羽生さん同一人物説」に強く傾いたそのころ、プリンは巧みに身をかわす羽生さん（暫定）に翻弄され、へとへとになっていた。

羽生さん（暫定）のおかげで充分に運動できたし、そろそろ車に戻ろう。我々は「じゃあね」と羽生さん（暫定）に手を振り、芝生の広場から出て、池のほうへと小道を歩きだした。そしたら羽生さん（暫定）、「なんだ、もう帰っちゃうのか？」とばかりに、我々のあとをついてきたのである。

「ひー！　背後からの『もっと遊ぼうぜ圧』がすごい！」

「やっぱり同一人物でしょ！」

「いや、まだわからないよ。池にはさっきと変わらず、本物の羽生さんがいるのかもしれない」

我々は羽生さん（暫定）に追いたてられるように池のほとりに出た。池は……、無人（ていうか無アヒル）だった。そして我々の足もとをすり抜けるようにして、羽生さん（暫定）がちゃぷんと池に入り、優雅に泳ぎはじめた。

「羽生さんー（確定）!!!」

我々の行動を的確に先読みし、プリンをからかって遊ぶ羽生さん。アヒルって相当賢い生き物なんだなと驚いた。

ちなみに帰りがけによく見たら、公園のゲート付近に羽生さんとその家族らしき写真が飾ってあった。

「羽生さん、奥さん（暫定）と子どもたち（暫定）がいるみたい」

「今日は見かけなかったけど、里帰り中かな」

「一家で犬をからかって遊ぶうち、一羽、また一羽と犬に食べられちゃったのかも」

「やめてよ、こわいよ！　なんでそんな命がけの遊びに興じるんだよ羽生さん一家は！」

アヒルの羽生さん一家の平和と安寧を祈る。

プリンと一緒に駐車場を歩いていて、ふと、

「犬もいるし、なんだか桃太郎の一行みたいだね」

という話になった。

「桃太郎はプリンの飼い主のAちゃんだ」

と私。

「三浦さんがキジで、私がサルってことで」

と友人B。

「わかった。じゃあ、『キエェ』って言うね」

「私は『キイキイ』って言います！」

するとと友人Aが、

「これまでの人生で聞いたなかで、一番実のない会話してる二人だよ！」

と爆笑した。プリンも、「大丈夫なのか、きみたち」といった表情で、歩きながらこちらを見あげてくる。Bちゃんと私は我に返り、

「たしかに……。なんだったんだ、いまの会話」

「アヒルの羽生さんのほうが百万倍は賢いですね」

と、もじもじしたのだった。

追記：友人Bは将棋中継を見るのが大好きな、いわゆる「観る将」だ。私もBちゃんほどではないが、将棋を見るのも、将棋のノンフィクションを読むのも好きなので、二人で鶴巻温泉にある「元湯陣屋」へ泊まりにいった。陣屋は、将棋や囲碁のタイトル戦が行われる旅館

なのだ。聖地巡礼したくなってしまうオタクのサガ。

陣屋はご飯がおいしく、お庭も緑豊かでとってもきれい。お風呂もよくて、温泉のおかげでほかほかになった。なにより、従業員のかたがみんな親切だった。ロビーには、陣屋で激闘を繰り広げた棋士たちの写真や色紙などがたくさん飾ってあり、テンションが上がったBちゃんと私は、「升田幸三先生だ！　かっこいいなあ」「こっちは大山康晴先生の色紙！　達筆だ」とキャッキャと眺めていた。すると従業員さんが近づいてきて、

「将棋盤をお部屋に運びましょうか」

と言ってくれたのである。やったー、お願いします！（観る将のくせにずうずうしい）

脚つきの立派な将棋盤にうつくしい駒を並べ、部屋で真剣に『月下の棋士』ごっこや『ハチワンダイバー』ごっこに興じるBちゃんと私（註：いずれも将棋漫画の傑作。前者は能條純一／小学館。後者は柴田ヨクサル／集英社）。なにしろレイトチェックアウトにしてもらい、お昼にルームサービスで陣屋カレーまで食べたぐらい、本気で臨んだ聖地巡礼だからな。陣屋カレーとは、タイトル戦のときのご飯として有名な逸品なのだ（ふだんは宿泊者のみ、ルームサービスで食べることができる）。

陣屋カレーがこれまたおいしく、いろんな種類のトッピングがきれいに盛りつけられて、目にも鮮やかだった。しかしBちゃんと私は、カレーを部屋に運んできてくれた従業員さん

に、まずは「写真撮ってください」とお願いし、そそくさと将棋盤を挟んでポーズを取った。従業員さんは、「いや、両者とも指そうとしてるの変だろ」と思ったかもしれないが、しゃがんだり畳に膝立ちしたりと工夫して、いかにも将棋中継って感じの画角で撮ってくれた。スマホ画面の写真を見て、Bちゃんと私はおおいに満足した。

「がんばって働いて、また陣屋に泊まろうね」と約束し、我らは帰路についた。全国津々浦々に散らばる、タイトル戦が開催されるホテルや旅館にも行ってみるつもりなので、Bちゃんも私も過労死しかねない勢いで働かなきゃならんのではと危惧されるが……。まあ、気長に取り組もう。

# 無差別級チャンピオン

みなさまはもう新型コロナのワクチンを接種できたでしょうか。もちろん、いろんな事情やお考えがあって、打てない／打たないというかたもいらっしゃると思いますが、接種を希望するひとに早くワクチンが行きわたるといいですね。

私は現段階で一回目のワクチンも打てておらず（二〇二一年八月）、中年フリーランスの悲哀を感じている。まあ、「フリーランス」といってもさまざまな職種があり、私の場合は自宅でできる仕事なので、おとなしく順番を待つほかないなと悟りの境地だ。どうしても外に出なきゃならない仕事もあるから、できれば早くワクチン打ちたいけども！（本音）ちっとも悟りの境地じゃなかった。こういうとき、その人物の地金（じがね）が出てしまうのだな、うむうむ。

学生時代にアルバイトをしていた本屋の店長さんと、電話で近況報告をしあった。店長さんは現在は故郷に帰り、本屋さんではない仕事をしつつ、ご自宅の畑を耕したり、趣味でタコを釣ったりしている。本好きなのもあいかわらずなようで、晴耕雨読を地で行く生活。無闇にあくせくすることもなく、人間の理想的な暮らしかたのひとつだなあと私はいつも思う。

　しかし、桃源郷に住む仙人のごとき店長さんにも、悩みごとが発生していた。スイカと新型コロナのワクチンである。

「ちょっとよくわかんないんですけど、スイカとワクチンにどんな関係が？」

と、私は電話口で首をひねった。「もしかして、ワクチンの副反応で熱が出たときに、スイカで水分補給しようというひとが多く、スイカ需要が高まっていて畑仕事が大変ってことですか？」

「ちがいます。水分補給はスポーツドリンクなどですればいいんですから、スイカにそこまで過剰な期待を寄せるひとはいませんよ」

　じゃあどういうことだ。傾聴する私に、店長さんは悩みを訥々と語った。

「スイカを大きく育てるには、一本の蔓に一個の実がなるようにしたほうがいいと言われているんです。そのため花を間引くわけですが、そこまでしてもやっぱり、実の大きさにばらつきが出てきます。安定した大きさとおいしさのスイカを作れるプロのスイカ農家のかたは、すごいもんだなあと思うのです」

「はい」

「どうしたら大きさのばらつきをなくせるのだろうと、毎年悩みながら試行錯誤しているのですが、うまくいきません。しかし不揃いなスイカも、自分で育てるとかわいく見えるのも事実で、『そりゃあ人間だっていろんな体形・体格のひとがいるものな』と、畑で草取りをしながらしみじみ思います」

晴耕雨読の生活と生来の穏やかな性格があいまって、店長さんは弘法大師なみに徳が高くなっているもようだ。畑に鍬を突き立てたら泉が湧くのではと、ちょっとおかしく思いながら、

「なるほど」と相槌を打つ。

「そしてふと思ったんですよ。照ノ富士と私は、同じワクチン量でいいんだろうか、と」

「は……、え⁉」

照ノ富士の急な登場。話の雲行きが怪しくなってきた。

「スイカと同様、人間にもさまざまなサイズのちがいがあり、照ノ富士は私の三倍ぐらい体重があると見受けられますが、ワクチン的にそのあたりはどうなってるんですかね」

「いやあ、考えたこともなかったですが、誤差の範囲なんじゃないですか。象と人間だったら、さすがにワクチンの量を変えたほうがいいと思いますけど」

「そうでしょうかねえ」

「そうですよ。もし、そんなに細かく体重によってワクチン量を塩梅しなきゃいけないんだとしたら、私に打つ注射器には、チューーーーッといっぱい薬液を吸いあげることになるじゃないですか。それを見ていたまわりのひとに、『あいつが太ってるせいで、本来なら六回ぶん取

れるはずの薬液が五回しか取れなくなっちまった』と思われるかもしれない。いやですよ、そんなの！　そんなワクチン、だれも打たなくなっちゃいますよ！　だからちゃんと、照ノ富士や私にも、小柄なひとにも、同量で効くようになってるはずです」
「わはは、それもそうですね。安心しました。では、スイカに水やりをしなければいけませんので、また」

店長さんは晴れやかな声音で電話を切った。照ノ富士よりは少ない量でいいかもしれないですよ、とフォローしてほしかった気がしなくもないが、まあ実際、どちらかといえば照ノ富士寄りの量でお願いしたい身なので文句はない。

後日、この連載の担当編集さんが調べてくれたところによると、アメリカの製薬会社が開発したワクチンは、アメリカの成人男性（平均体重九十キロ）を基準にしているらしい。平均が九十キロ!?　大きいんだなあ、アメリカ人。ワクチンに体重（血液量）は関係ないそうだが、それにしても小柄な女性とかには多すぎなのでは、という議論もあるとのこと。わたくしはアメリカの成人男性基準で大丈夫なんですけどね、ええ、ええ。

ワクチン接種がボクシングや柔道みたいに体重別になったらどうしよう、というのが私のいまの悩みだ。

## いたたまれなさ二連発

新型コロナのワクチンだが、なんとか地元の会場で予約が取れて、一回目を接種してきた。スポーツドリンクや冷凍食品や解熱剤を買いこみ、「副反応はどうなるかなー」とドキドキ待ち受ける。

……特になにも起こらなかった。いや、たしかに注射を打った箇所が痛くて、そっちの腕を下にして寝ることはとてもじゃないができなかったし、ちょっとだるくて熱っぽかった（三十七度ぐらい）。でも、解熱剤を飲んだらすぐに下がった。謎だったのは、翌日起きたときに注射を打ったほうの指の関節が痛かったことだが、皿を洗ってるうちに治った。指関節の痛みはたぶん、寝返りを打てなくて強張ってしまったか、痛風だろう。え、痛風のほうが早急に治療が必要じゃない？　と思ったのだが、以降、特に痛むこともないので、まあ大丈夫そうだ。あと、万事においてやる気が低空飛行なのはいつものことなので、だるさが副反応だったのかどうかも不明だ。

「接種の空きがある！」と勢いで予約したはいいが、私はつぎの日に外出仕事の予定が入っていた。ふだんは三週間ぐらい余裕でひとと会わないスケジュールなのに、なぜよりによって、仕事が入っている日の前日に接種予約を……。「すみません、副反応が出たら、うかがえません」と、事前に仕事相手に連絡を入れる。脳みそを微塵も使わずに生きているせいで、いろいろお騒がせしてしまった。

ところがどっこい、前述のように副反応はほぼなかったので、ピンピンして仕事の場に現れる俺。いたたまれぬ……。「なんだ、元気じゃないか」とからかわれ、「でも、なんともなくてよかったね」と言っていただき、申し訳なくもありがたく、ひとの情けが身に染みたのであった。

今月、「いたたまれぬ案件」はほかにもあった。ゲラ（校正刷り）を確認していたら、私が「無勝手流」と書いた部分に、「無手勝流では？」と校閲さんから指摘が入っていたのだ。むてかつりゅう……。うむ、どう考えても校閲さんがおっしゃるとおり、無手勝流が正しいな。

「無勝手流」などというへっぽこ道場の流派みたいなものを生みだしてしまい、いたたまれなさにカッと赤面する。「勝手」では「無い」のだとしたら、それは「まっとう」かつ「通常」ということになってしまい、本来言いたかったこととと意味が逆だろ。なんなんだ、「無勝手流」って。そもそも、こんな変換を素直にしてしまう私のパソコンもいかがなものか（ひとのせいにする）。

顔から発する赤い光でゲラを照らしつつ、「失敬失敬、ミスタッチしました」でどうにか誤魔化せないかなと悪あがきするも、「無勝手流」は文中に二箇所もあった。

言い訳できぬ……！　ミスタッチのせいなどではなく、あたしが四十数年間、無手勝流を「無勝手流」だと勘違いし、「むかってりゅう」と堂々とパソコンに打ちこんでたこと、校閲さんには絶対ばれている……！

むろん修正し、まちがいを発見してくださった校閲さんに、武士らしい潔さで（？）お礼を伝えたのだが、なんで私が四十数年間も「無勝手流」のへっぽこ道場で修行しつづけてしまったのかというと、たぶん「むてかつりゅう」って口に出して言う経験がなかったからだ。この四文字熟語をもっぱら書物で目にしたことしかなく、「手」と「勝」を入れ替えて覚えてしまっていたのだなあ。これこそほんとの無手勝流（自分勝手にやること）だよ。

似たようなケースに、「雰囲気」という言葉がある。

私は子どものころ、この言葉を耳で覚えたため、ずっと「ふいんき」だと思っていた。文字を読めるようになってから、どうやら「ふんいき」らしいと気づいたのだが、今度はアクセントがどこに来るのかわからなくなった。発音の際に強調すべきは、「ふ」なの、「い」なの？

辞書を見ると、「ん」と「い」で音が高くなるとあるのだが、私はどうしても「ふ」にアクセントをつけて発音してしまい、なんか変かもと途中でひるんで、「ふん、もにゃ……」と口ごもってしまうことが多い。相手は当然、「は？　なんて？」と戸惑うわけだが、そこは「『雰囲気』って言いたかったんだな」と雰囲気で察してもらいたいものだ。無理だな、うん。

また、以前にもどこかで書いた気がするが（記憶力の減退）、「云々（うんぬん）」を「うんぬうんぬ」だと思いこんでいたひとがいるそうだ。会話のなかに急に「うんぬうんぬ」が混入したので、周囲は咄嗟になんのことだかわからず（そりゃそうだろう）、「私が知らぬだけで、『うんぬうんぬ』という言葉があるのかな」とひそかに首をひねったらしい。けっこう高齢で教養もあるひとが、「これ以外にない」といった風情で「うんぬうんぬ」と口にしたため、「云々」のことだとはだれも思わなかったのである。よもやの覚えまちがい、うんぬうんぬ。綱引きで究極にがんばっているときなどに、ぜひ活用したいかわいさだ。

「無勝手流」な勘違いは、自分で気づけていないだけで、きっとほかにもあるんだろう。校閲さんがいてくれたおかげで、今回は印刷物になるまえに食い止められ、恥をかかずにすんだが……。って、ここに書いちゃってるじゃないか。自ら恥を拡散。なぜ脳みそを微塵も使わないのだ私は。

# 羊になった日

これは聞くか聞くまいか迷っていたことなのだが……、「新型コロナのワクチンを打ったら、四十肩（しじゅうかた）が治った」っていうひと、だれかいないだろうか。もしかすると、「ＢＡＩＬＡ」読者のみなさまは年齢的に、そもそも四十肩のひとがおられないかもしれないが。

一回目のワクチン接種のとき、私は利き手ではない左腕に打ってもらったのだが、思ったよりも注射が痛くて、直後から腕全体が重怠（おもだる）くなった。しかし一日ほど経過し、もとどおり腕を動かせるようになったあたりで卒然と気づいた。

腕の重怠さや痛みとともに、左の四十肩の痛みまでもが引いている！（※個人の見解です）

これっていったい、どういうこと？　注射針が刺さった衝撃で筋肉に緊張が走ったのが、四十肩になんらかのよい効果を及ぼしたのだろうか。仕組みはとんとわからないが、以来、私はひそかな野望を抱くようになった。

しめしめ……。これはもう絶対、ワクチン二回目は右腕に打ってもらうほかあるまい。ワクチンのついでに、右の四十肩の痛みもなくそうではないか！

三週間後、勇んで接種会場におもむく。野望を秘めていることを悟られてはいけないので、羊のようにおとなしく検温、問診などをすませ、いざワクチンの接種ブースへ。効率よく注射を打つため、椅子はあらかじめ、看護師さん（たぶん）に左腕を向ける形で置かれている。いきなり椅子の向きを変えるのは、いくら野性味あふれる羊といえど自由奔放すぎる行い。さて、どうしたものか……。

とりあえず椅子に腰かけ、迷ううちに、最終的な本人確認や体調への質問が行われて、

「じゃあ、打ちますね」

と看護師さんが言った。ええい、もはや一刻の猶予（ゆうよ）もなし！　私はおもむろに体をよじって右袖を肩までまくりあげ、

「あのあの、右腕に打っていただきたいんです」

と申告した。

「え、左利きなんですか？」

「いいえ、右利きなんですけど……（ごにょごにょ）。前回左腕に接種したら、左の四十肩が痛くなくなったんですよ。なので今度は右腕に打てば、右の四十肩が治癒するんじゃないかなーと」

「それはおそらく、気のせいか偶然です」

と、看護師さんは優しい笑顔で嚙んで含めるように言った。「二回目のほうが副反応が強く出るケースが多いですから、利き手じゃないほうに打ったほうがいいですよ。ね、日常生活になるべく支障をきたさないよう、左腕にしましょう」

「す、すみません。そっか、あれは気のせいだったんですね」

私よりも断然若く、大勢に注射を打つという大変な職務にあたっている看護師さんに対し、アホなことを言いだして余計な時間を取らせてしまった……。野望という牙を抜かれた羊は、おとなしく椅子に座りなおし、左袖をまくりあげたのだった。恥！

二回目の接種は、ちょっとチクッとしただけで全然痛くなかった。

「右の四十肩も治るといいですね（↑こちらの訴えを汲んで、左は治ったものとしてくれる気づかい）。ストレッチしてくださいね」

親切な看護師さんにへこへことお詫びとお礼を述べ、ブースを出る。前回とはちがい、十五分の待機時間にどんどん腕が重くなるということもない。

もしかして、前回私が副反応だと思っていた腕の痛みは、副反応ではなく、単に注射を打つひとが下手だっただけなのでは？

と思ったのだが、二回目の接種から半日ほど経って、やはり腕は痛くて重くなり、微熱も出た。一回目の注射を打ってくれた看護師さん（たぶん）、「下手」だなどと無実の罪を着せてしまってすまん！

二回目の副反応で謎だったのは、腰から下がモヤ〜ッと痛かったことだ。横になっても座っても立っても、腰痛と筋肉痛と関節痛がコンボになったような痛みが下半身全体を覆っている。激痛ではないが無視できるレベルでもない、というのがまた中途半端で、もぞもぞしながら仕事し、よぼよぼしながらトイレで用を足したり家事をしたりする羊と化した。このままずっと下半身が痛かったら、どうすりゃいいんだよ、メエェ〜。「下半身がモヤ〜ッとするんです」って、お医者さんにもなんとなく説明しにくいよ、メエェ〜。

しかし接種から一日半が経ち、夕飯を食べ終えた瞬間、嘘のように熱と腕痛と下半身痛が引いた。風邪などの場合、徐々に体調がよくなるものだが、副反応はあるときを境にケロッと治まる感じで、「狐につままれたよう」とはこのことだなと思う。夜に見る夢のほうが、副反応よりも余韻がある。

そして、四十肩だったはずの左肩はますます軽い（※あくまでも個人の見解です）。これほんとに気のせいなのかなあ。だがまあ、新型コロナに対抗すべく生みだされたワクチンが、四十肩にも効果があるとしても、「新型コロナ∨∨（途中、一万個ほどの∨を略す）∨∨四十肩」ぐらいの優先順位なので、接種のついでに私の四十肩が治ろうが治るまいがどーでもいいことではあるな、うん。

でも、どうにも不思議でならないので、新型コロナの流行が収束し、世界じゅうの研究所が暇で暇でしょうがないという状況になった暁(あかつき)には、ワクチンが四十肩にもちょっとは効くことがあるのかどうか、ぜひ調べてみていただきたいなと思った。流行が収束したとしても、世界じゅうの研究所には、四十肩よりもさきに研究しなきゃならないことが山ほどあるんだろうなという気はするが。

追記：周囲に聞きまくったところ、二人だけ、「新型コロナのワクチン打ったら、私も四十肩が軽くなった」「僕は腰痛が一時的に治まりました」と証言した。奇跡か。いや冷静に考えて、腰に注射打つわけじゃないし、それを言ったら新型コロナと四十肩もまったく関係ないもんな。奇跡じゃなかった。ほかのひとの証言を客観的に聞くと、「看護師さんの言うとおり、気のせいか偶然だな」って腑に落ちるなあ。
「お、おまえが尋ねるから、『うーん、強いて言えば……』と答えたまでなのに！」。とんだ裏切りに遭い、抗議の声を上げる証言者二名なのであった。

# ブンブン忘却

十一月に入ってすぐの、昼まえのことだ。

玄関脇に停めてある自転車を出そうとして、私はビクーッと飛びすさった。自転車のすぐそば、地面に敷かれたタイルのうえに、大きなハチが一匹いたからだ。ハエならともかく、ハチって地面でこんなにじっとしているもの？

おそるおそる近づき、敵の正体を見極めんと目を凝らす。フォルムは完全にハチだ。全体的に黒っぽく、お尻のあたりに黄色い横縞（よこじま）もある。これはやはり、凶暴で鳴らすスズメバチかアシナガバチではないか？　しかしちっとも動かないな。死んでるのかな。

と思った瞬間、やつはブブブーンと飛び立った。ふいを衝（つ）かれて「ひゃあっ」と叫んだ私を完璧に無視し、晩秋の空へと消えていく。

ふう、命拾いしたわい。この隙にと自転車を引っぱりだし、スーパーへ買い物に行く。帰宅したときにはむろん、ハチのことなどきれいに忘れており、自転車を玄関脇に停めようとしたのだが……。またハチがいる！　しかも今度は二匹！　自転車ごとズサーッと飛びすさる。

どうして、どうして、ひとんちのまえのタイルでじっとしてるんだきみたちは！

ハチ二匹と私のにらみあいがつづいた。このまま永遠に玄関のドアを開けられないのかも、と絶望しかけたそのとき、ハチはブブッとちょっと飛び、玄関のそばにある支柱の根もと付近につかまった。そのままよじよじと体を持ちあげ、柱に空いたわずかな隙間に二匹とも入っていく。

まさか……、柱のなかに巣を作っている⁉ そーっと近づいて様子をうかがうと、根もと付近の隙間の一部が丸く拡張され、なにものかが内部に住居を建設している気配。よくよく見れば、柱のまわりには小さな泥の塊のようなものが散らばっていた。

そういえば二週間ぐらいまえから、玄関先を掃除しても掃除しても、翌日には鳥のフンだか泥だかわからんものが出現するのはなぜなんだろうなあと思ってたんだ（呑気）。やつらの犯行だったのか！ ハチの巣って軒下や木の枝からぶらさがるものだとばかり思っていたため、まさかこんな下方に巣づくりされるとは予想していなかった。

とりあえず自転車は支柱から距離を取って停め、ハチに襲撃されぬよう忍者なみの素早さで家のなかに入る。一息つくまもなくパソコンに向かい、「ハチ　駆除」で検索をかけた。ハチに気を取られ、郵便受けを確認するのを忘れたなと思ったが、もうそれどころじゃない。郵便物などあふれさせておけぃ！

検索の結果、保健所に連絡すれば、巣を除去してくれる場合もあるらしいと判明。保健所は新型コロナ対応で忙しいのに、ハチのことなどでお手をわずらわせるのも……と迷ったのだが、まあたぶん部署がちがうだろうし、一刻も早く巣をなんとかしたい（私欲）。思いきって電話をかけ、状況を説明した。

応対してくれたひとは親切で手慣れた感じだった。私が住んでいる地域の保健所では対応できないので、専門業者の組合を教えてくれるという。

「ふたつありまして、ひとつは『〇〇害虫防除協同組合』。もうひとつは『東京都テストコントロール協会』です」

前者はわかるが、後者が謎だ。ハチを駆除するのに、どうしてテストをコントロールする必要があるのだ。

「あの……、テストとは、なんのテストですか？」

「いえ、パピプペポのペ、『ペスト』です」

「えっ、『ペストコントロール』⁉」

物々しいことになってきた。そしてますます謎は深まった。ペストを媒介するのは、ハチじゃなくネズミなのでは……？

いったいどんな協会なのか、むちゃくちゃ気になる。お礼を言って電話を切った私は、ペスコン（と勝手に略す）に連絡しようと決めた。

まずはペスコンのホームページを見てみたところ、「ネズミや害虫などの防除について、調査研究・普及広報活動・害虫相談を行っています」とのことで、害虫駆除業者の紹介もしてくれるらしい。ちなみに「ペスト」とは、「害虫や有害な小動物、つまりネズミ、ハエ、カ、ゴキブリなどのこと」なのだそうだ。なるほど、病気のペストは、小動物（ペスト）（＝ネズミやノミ）が媒介するから、ペストという名前がついたのだろう。たぶん。

私はドキドキしながらペスコンに電話をかけた。はたしてどうなる、拙宅のハチの巣……！

というところで、以下次号。ええー、つづくの？　はい。ペスコンの対応に感銘を受けたのだが、それを書くには紙幅がたりないので、つづくのです。

今月はほかに、忘れたふりをしていた締め切りがいよいよのっぴきならん状態になり、編集さんに叱られたりなどしていた。

「せめて、できたところまで原稿を見せてもらえませんか」

「それは……、やめておいたほうがよかろう。いま原稿を見せたら貴君は、『え、まじでこれしかできてないの⁉』とショックで心臓発作とか起こしちゃうかもしれない。長く担当してくれている貴君を大切に思うがゆえに、小生は涙を呑（の）んで原稿を見せないのだ。わかってくれ……！」

「アホなこと言ってる暇があったら書いてくださいい（地の底から響く声）」

「本当にすみません」

四十五歳になっても叱られる。こんな大人になるとは思ってなかったなー。あと、締め切りも、郵便受けを確認することも、買い物してるあいだにハチがいたことも忘れるって、いくらなんでも私はなにからなにまで忘れすぎである。

追記：校閲さんが調べてくださったところによると、「ペスト」という言葉は、ラテン語の「ｐｅｓｔｉｓ（疫病）」が語源で、そこからだんだん、「厄介者」「害虫、有害な小動物」といった意味も持つようになったらしい。つまり私の推測は誤っていた。病気のペストは疫病だからペストで、疫病を媒介するから、ネズミなどの小動物もペストと呼ばれるようになった、ということだった。お詫びして訂正します。

# ブンブン精神修養

〈前回のあらすじ〉玄関を出たところにある支柱の内部に、凶暴そうなハチが巣を作ったよ。見張り役なのか、ハチが二匹ほど、ドアの真ん前の地面に微動だにせず居座っていて、靴紐とかパンツのゴムとかを売りつけにきたひとみたいだよ（昭和の時代、そういう押し売りがあったのじゃ）。

びくびくしながら家を出入りしなきゃならないのはいやなので、害虫駆除業者を紹介してくれる「東京都ペストコントロール協会」に電話をかけてみた。〈あらすじ終わり〉

ドキドキしながらペスコン（と勝手に略す）に電話し、必死の思いでハチの様子と巣を作っている場所を伝えたところ、応対してくれた係のひとは、親身になって耳を傾けてくださった。

「巣を見つけたのは、いつなんですか？」

「今日です。でも、いま思うと二週間ほどまえから、支柱のまわりにちっちゃい泥の塊が落ちてはいたのです」

「泥の塊か。もし、ハチ以外のものが柱に侵入しているなら、即刻駆除するべきですが……」

「素人の見立てではありますが、穴のサイズや支柱の構造からして、ネズミなどが入る余地はないと思うんです。柱付近でアリを見かけることもないし、十中八九、なかにいるのは私が目撃したハチの一家のみだと推測されます」

「となると、ハチが巣を作っていることは、忘れたほうがいいです」

「ええっ⁉」

ペスコンなのに、ペスト（＝害虫や有害な小動物）をコントロールしてくれないの？　と絶望的な気持ちになりかけたのだが、そうではなかった。係のひとは、「忘却」を勧める理由を丁寧に説明してくれた。

「ミツバチは越冬するのですが、それ以外のハチは冬が来ると死んでしまいます。現在、十一月初旬。あと二週間ほどで、お宅に巣を作っているハチは死ぬ……！」

「はわわ」

「これまでずっと巣に気づかないまま、なにごともなく過ごせたのですから、あと二週間、ハチのことを忘れていままでどおりにしていれば……、みんな寒さで死にます！」

「はわわわ」

「基本的に、ハチは巣を再利用することはありませんから、来年あったかくなるまで様子を見て、万が一、それでもハチがうろつくようだったら、そのときに駆除を検討すればいいと思います。一番してはいけないのは、巣の様子をうかがおうと接近して、ハチを刺激することです」

「しかし一度気づいてしまったものは、やはり気になるというか、私さっきも、その柱に接近して穴を写真に撮ってしまいました」

「いけません。忘れるのです」

いくら私が、あらゆることを忘却する能力に長けているとはいえ、これぱっかりはむずかしいよ。虫歯が痛むのに、「痛くない」と言い聞かせて無痛状態に持ってくぐらい、高度な精神修養を必要とするのではあるまいか。

「もし、ご自分で巣を除去される場合は」

と、係のひとは厳かにつづけた。「夕方、ハチが全員巣に戻った頃合いを見はからって、穴のなかに殺虫剤を噴霧してください」

「え、全員集合してからなんですか?」

「はい。ハチが留守のあいだに、巣を壊すなり殺虫剤を噴きかけるなりしたほうがいいのではないか、と思われるでしょう。でも、そうではないのです。帰宅して家がないことに気づくと、ハチは手がつけられないほど怒り狂います!」

「はわわわわ。たしかに、そりゃそうですよね。人間だって、帰宅して、あるはずの家がなかったり破壊されてたりしたら、パニックと怒りに襲われるでしょうから」

「そうです、ハチも人間と同じなのです。そしてかれらは、あと二週間の命……。寒さで動きもにぶくなってきているので、刺激さえしなければ、人間に危害を加えることはまずないはずです。どうぞ忘れてください……」

「はい……！」

徳の高い僧侶の法話を聞いた気持ちである。

そうだよな、むやみやたらと殺生するだけが対処法ってわけじゃないよな。ハチが玄関先の地面でじっとしていたのも、押し売りにきたのではなく、日なたぼっこだったのだろう。とはいえ、ハチが死滅するまでのあいだに、「やはり困った」ということがあったら、ペスコンに電話をすればすぐに業者を紹介してくれるとのこと。ハチの生態と巣への思いを知ることもできたし、一安心だ。ありがとう、東京都ペストコントロール協会！

宅配便や郵便のひとがハチに刺されないかが心配だが、「ハチの巣注意」などと貼り紙をしたら、「どれどれ」と覗きこんでしまい、かえって危険かもしれない。ハチと動線がかぶらないよう、置き配ボックス（という名のゴミ箱）を設置して対応することにした。

ほかには来客もないし（宅配便や郵便のひとを勝手に「来客」に含めていいのだろうか）、やっと一息つけるぞ。と思ったのだが、そうだ、気まぐれに両親が訪ねてくる可能性があった。

母に電話して事情を説明する。

「そういうわけで、支柱にハチの巣があるけど気にしないで」

「あらまあ、今度行ったら見てみよう」

「見ちゃダメなんだってば！　ちゃんと話を聞いてた？　近づかず、ハチの巣があることは忘れて」

「ええー。むずかしいでしょ、そんなの。かゆいのに掻くのを我慢するみたいなことじゃないの」

だよねー。がんばって精神修養してほしい。

# 万物に存在意義がある

耳がちぎれそうに冷たい風の吹く夕方、私は自転車に乗って近所へ買い物に行った。ちなみに二章で、「冬になると耳の冷えがひどくてちぎれそうだから、ドアノブカバーみたいな耳キャップの購入を検討したい」と書いたが、喉もと過ぎれば寒さを忘れる。一年ほど経った現在も耳キャップを買いそびれたままで、むきだしの我が耳はこの冬もちぎれの危機に瀕しているのだ。

それはともかく、一方通行の細い道を自転車で走っていたら、ピチュピチュキーキーと甲高い大音量が聞こえた。ほとんど金属音のようで、一瞬、ちぎれかけた我が耳が最期に放った耳鳴りかと思ってびっくりしたのだが、そうではなかった。すぐに「鳥の鳴き声だ」と気づき、反射的にうえを見た私は、思わず自転車を停めて「げげっ」と声に出してしまった。

たぶんムクドリだろう。ものすごい大群が空を覆いつくさんばかりに旋回しており、鳴き交わしながら道沿いの電線につぎつぎにとまっていく。電線には、すでにびっしりムクドリが並んでいるのだが、まだまだ空から舞い降りる。日が傾いてきたので、電線をねぐらにしようということらしい。「ちょっとスペース空けろよな」「おい、割りこむなよ」とさえずりまくり、自分の場所を確保しようと大変な騒ぎだ。あれよあれよというまに二百メートルぐらいにわたって、電線にムクドリがみっちりとまった状態となった。

千羽以上いるんじゃないか？　道を歩いていたひとたちも私も、呆気（あっけ）に取られて動きを止め、その様子を見あげているほかなかった。ようやく電線に腰を落ち着けたムクドリの大群は、「もうすぐ日没だぞ」「ていうかおまえ、いくらなんでも幅取りすぎだろ」と、いよいよ興奮も絶頂といった感じにやかましく鳴く。なかにはむろん、「寝るまえに用を足しとこうかな」と思うものもいるようで、私の肩さきをかすめてフンが落ちてきた。ひー！　同時に道のあちこちで、「ひー！」という悲鳴が上がり、人間たちは慌てて電線の下から退避しはじめる。

だが、いかんせん一方通行の細い道なので、ろくに逃げ場がない。商店の軒下に避難したり、早足で脇道へそれたりとてんてこ舞いだ。私も全速力で自転車を漕ぎ、なんとか落下物をかいくぐって「ムクドリ銀座」を通過した。

どえらいことになった。ムクドリはシベリアから渡ってきて越冬するはずだが、ということは、あったかくなるころまで、この騒ぎは連日繰り返されるのだろうか（註：認識に誤りがありました。シベリアから来るのはツグミでした、すみません。以下、ムクドリの生態を勘違いしたまま話が展開していきます。追記もご参照ください）。通行時に気が抜けないのはもちろんのこと、道沿いに住むひとは夕方に巻き起こる騒音とフン害で大変なはずだ。

　これまでにも、冬になるとムクドリの集団はよく見かけたが、こんな大群に遭遇するのははじめてだ。ムクドリ一族、爆発的に家族が増えている。どこかの時点でムクドリの一大ベビーブームがあったのだろうと推測されるも、いったいなにを契機に、盛んに恋愛→繁殖が行われたのか、ムクドリ社会に起きた変化が不思議である。ムクドリたち、シベリアでＮｅｔｆｌｉｘに入って、遅まきながら『愛の不時着』とか見たのかな。いや、すまん。私は『愛の不時着』を未だ見られていないので、ムクドリを「そうだ、恋愛だ！」って気持ちにさせるようなドラマなのかどうか、本当はなにもわかっていないのだが。

　一番の謎は、ムクドリの大群がなぜ拙宅の近所に飛来したのかだ。たしかに、拙宅付近には畑も雑木林もわりとある。しかし、あんな大所帯を養えるほどの食べ物があるかというと、首をかしげざるを得ない。地面の大半は住宅で埋めつくされているので、餌を探すのも一苦労だと思うんだけどなあ……。

　その後も夕方になると、「ムクドリ銀座」は衰えを知らぬにぎわいぶりを見せていた。早く春になってほしい。耳がちぎれるのがさきか、脳天にフンを浴びるのがさきかという、スリルに満ちた冬はもうたくさんだ。

　そんなある日の昼下がり、近所に住む両親の家へ行った私は、庭でヒヨドリとムクドリがバトルを繰り広げるのを目撃した。庭には父が育てているキウイの木がある。だが、追熟しても実があまり甘くならないし、父が途中で収穫に飽きたしで、十個ほどが枝からぶらさがったままなのだ。それを狙って、ヒヨドリとムクドリはギャーギャーと喧嘩しているらしい。

いままで、いかなる鳥も父が育てたキウイには見向きもしなかった。にもかかわらず、今回の冬はバトルが勃発。これはきっと、ムクドリの大群が飛来したことと無関係ではないだろう。近隣の餌不足が深刻になり、とうとう甘さのかけらもないキウイにまで、手を(というかクチバシを)出さざるを得なくなったのだ。哀れなり……。

ムクドリの大群がキウイの木をねぐらにしはじめたら一大事だが、全員ぶんの寝床になりそうなサイズでもないし(なにしろ千羽以上だ)、貴重な餌を奪うのもよくないかと思い、父と協議した結果、とりあえず実はそのままにして推移を見守ることにした。父は、

「そうか、そんなムクドリの大群がこの近所になあ。やっぱり、お父さんの育てたキウイのうまさが、風の噂で一帯に広まったということだろう」

とご満悦だったが、絶対にちがう。父のキウイの木は近隣の鳥社会において、「なんか味がぼやけてるけど、ほかに選択肢もあんまりないし、しかたなく行く定食屋」みたいな位置づけだと思う。

はっ、いま気づいた。つぎの冬は、ムクドリの大群は拙宅の近所にはやってこないはずだ。

「海を渡って長旅をしてきたってのに、味がぼやけた定食屋しかないなんて……。次回はべつのところに行こうぜ」と、ムクドリたちもうんざりしているだろうからだ。

父のキウイもたまには役に立つ。

追記：この回もまた、単行本化の作業のときに、「ムクドリはシベリアからは来ず、一年じゅう日本にいるのでは？」と校閲さんからご指摘があった。えっ、そうなの？　姿をよく見かけるのは冬から春にかけてな気がして、てっきり「夏はシベリアで避暑をしてるのかな」と思っていた（恥）。ムクドリは留鳥なので、繁殖期の春から夏に、日本で巣づくり、子育てをしてるそうです。むろん、ムクドリたちがＮｅｔｆｌｉｘで『愛の不時着』を見たのも、シベリアではなく日本においてだったことになる。ちなみに私はまだ見られていない。

海を渡って長旅をしない身にとっても、父のキウイの味はうんざりするものだったらしく、翌年以降、ムクドリの群れはやや規模を縮小し、特にキウイの木のまわりにはあまり姿を現さなくなった。カカシか魔除けみたいだな、父のキウイ……。

## 五右衛門風呂的絶望

室内で観葉植物をいくつか育てている。放任主義の子育て（？）がよかったのか、どの植物もぐんぐん枝をのばし葉を繁らせる。ひさしぶりに拙宅に遊びにきた友人に、「なんかすごく植物が大きくなってるよ⁉」と驚かれたほどだ。毎日一緒に暮らしていると植物の成長に気づきにくく、「どうも最近、部屋が狭くてならない感があるのだが、私また太ったのかな」と思っていた。

部屋が縮小して感じられる原因は、「植物の成長」だと判明した。むろん、私の体積の増加はまったく関係していないと真に言えるのかについては、検証の余地がある。だが精神の安寧を得るため、長らく体重計の電池を抜いたままにしているので、その件はいまは措いておこう。

問題は、植物の成長に鉢の大きさが追いついていないことだ。ここ最近、もしや根づまりの危機に瀕しているのではと懸念される事象が見受けられる（葉っぱの状態など）。これまでも、大事に育てた観葉植物を根づまりで枯らしてきた実績のある私だ。悲劇を繰り返さぬためにも、早急に植え替えをしなければならない。

私の背丈を超えるぐらい育った植物もいるので、植え替えをするとなると相当の労力がかかると予想され、腰が割れるんじゃないかと心配だ。というか、これ以上鉢を大きくしたら、室内に私が存在できるスペースがもうないんじゃないか？　だが、いたしかたない。植物の命のほうが大切だ。スペースの問題なぞ些細なことで、いざとなったら私は観葉植物によじ登って樹上で暮らせばいいのだ（枝が折れそうだが）。

さっそく、現状の鉢のサイズを測り、通販サイトで吟味(ぎんみ)に吟味を重ねたうえで、ひとまわり大きいと思われるサイズの鉢を、「これだ！」と購入。サイズアップすることで何リットルの土が必要になるかも計算し、「赤玉と鹿沼を合計十リットル！」と購入（いずれも園芸用の土の名前です。ブレンドして水はけ具合を調整します）。

我ながら万全だ。狭いベランダでいかに効率よく植え替え作業をするか、脳内シミュレーションも怠(おこた)りなく、新たな鉢の到着を待った。

そしていま、注文した鉢が届いたのだが……、絶望的な気持ちだ。「ひとまわり大きい」鉢を頼んだつもりなのに、実物を目のまえにしてみると、屈葬用の棺桶か五右衛門風呂(ごえもんぶろ)ぐらいはあるビッグサイズだったからだ。

なんでこんなことになった⁉　これを部屋に置くとしたら、私が鉢のなかで暮らすしか選択肢がないよ！

昔から私の車幅感覚というかスケール感はおかしくて、「何メートルさきにある」とか、「五十メートル級の怪獣」とか言われても、ぜんっぜんピンと来たためしがない。そのせいで今回も、きちんと鉢を計測し、「ひとまわり大きいとなると、このサイズかな」と熟考したにもかかわらず、三まわりは大きいものを選んでしまったのである。

こんなでかいもんを運搬してくれた人々のことを思うと、「返品したい」とは申し入れにくい。「はあ⁉　なんでちゃんと測ってから注文しないんだよ！（すみません、測りはしたんですが、当方の車幅感覚が……）　寝ぼけたこと言ってんじゃねえ！」と、五右衛門風呂的植木鉢を用いて釜茹(かまゆ)での刑にされても文句は言えぬ所業だろう。

同時期に到着した十リットルぶんの土を、試みに袋ごと五右衛門風呂にそっと入れてみた。鉢内の空間が有り余っている。これ、あと五十リットルぶんぐらい土が必要だよ！　昔から計算も苦手なのだ。本当に絶望的な気持ちだ。

私は届いた鉢をひとまず部屋の隅にずりずりと押しやり、かろうじて残ったスペースで体育座りをした。身動きが取れない。この窮地を脱するには……、プロに頼むほかない！

つまり、植木屋さんか花屋さんに観葉植物の植え替えを依頼し、サイズ感の合った鉢も見つくろってもらうのだ。そして、このバカでかい鉢はベランダに置き、外で鉢植えとして育てるにふさわしい木を見つくろってもらおう。今度はベランダのスペースに余裕がなくなってしまうが、八方を丸く収めるには、もうこれ以外の策が思い浮かばない。

　金で解決、か……。汚い大人になっちまったもんだぜ。と思うも、植え替えは植物にとって手術のようなもの。手術をプロの医者以外に任せたがるひとはそうはいるまい。私のような園芸のド素人、しかも車幅感覚に途方もない難があるものが、それなりの大きさに育った観葉植物の植え替えを自力で行おうとしたことが、そもそも太いまちがいだったのだ。ここは素直に、プロに依頼だ！

　体育座りしたままスマホをポケットから取りだし、自宅周辺の植木屋さんと花屋さんをぽちぽちと検索。どこかに植え替えを引き受けてくれるお店は……。ええい、かたわらの五右衛門風呂と頭上から覆いかぶさってくる観葉植物の葉っぱが邪魔で、スマホの操作にすら支障があるぞ。

　あ、でも、いま地震が来たら、五右衛門風呂を逆さにして、ヘルメットがわりに頭からかぶればいいんじゃないかな（ポジティブシンキング）。ぎゅっと身を縮めれば、体育座りした私の腹ぐらいまではカバーできそうだ。植木鉢だから底にドカーンと穴あいてるけど。ダメじゃん！（さしものポジティブシンキングも敗北）

　追記：でも穴があいてるから、釜茹での刑になっても平気！（ポジティブシンキング復活）

# オヤジギャグの道理

近所の店で夕飯を食べていたら、四人連れのおじさんグループの会話が耳に入ってきた。どうやら還暦祝いで集まったらしく、一緒に行った旅の思い出などを語りあいながら、楽しそうに飲み食いしている。

そこへ、遅れてもう一人のおじさんが到着した。仲間のおじさんたちは、

「おー、待ってたよ。テーブルくっつけよう」

と、隣にある二人用のテーブルを引き寄せはじめる。しかしあとから来たおじさんは、

「いいんだ、いいんだ、ぴったりくっつけなくて」

と言って、一人だけちょっと離れた形で椅子に腰を下ろした。

コロナ対策だろうか？　と私は思った。そのときは新型コロナもやや鎮まっていたタイミングで、飲食店での人数制限などはなにもなかったのだが、あとから来たおじさんは慎重に振舞おうとしているのかもしれない。仲間のおじさんたちも、

「なんで？　さびしいじゃねえか」

と怪訝そうだった。すると、あとから来たおじさんが、テーブルをくっつけない理由を述べた。

「ほら、おしっこにちょくちょく行かなきゃなんねえから、通路あいてたほうがいいだろ。しっこう猶予だ」

「うまいこと言うねえ」

「道理だ、道理だ」

感心し、納得する仲間のおじさんたち（還暦）。五人のグループとなったおじさんたちは、その後も仲良く（隙間をあけた二台のテーブルで）おしゃべりに花を咲かせ、飲み食いをつづけたのだった。

しっこう猶予……。おじさん、まじでうまいこと言う。不覚にも噴きだしてしまったし、還暦にはまだ間があるとはいえ、私も最近頻尿になってきた身なので、「道理だ、道理だ」と一人うなずくほかなかった。そして本物のオヤジギャグのきらめきに、静かにシャッポを脱いだ。

ひとはなぜオヤジギャグを言ってしまうのか。これについて私は三十歳ぐらいから考えてきた。むろん、そのころから自分がオヤジギャグを口にしてしまうようになったためで（早い）、結論も自身のなかですでに出ている。人類が加齢とともに性別問わずオヤジギャグを言いがちになる原因。それは主に、以下のふたつだ。

一、年齢が上がるにつれ、蓄積される語彙が増える。そのため、同音異義語をつぎつぎに思い浮かべやすくなる（「執行」と「しっこ」など）。

二、年齢が上がるにつれ、喉の筋力が弱まる。そのため、若者ならば同音異義語を連想したとしても、「これを言ったら引かれるだろうな」と思いとどまれるのだが、中年以降になるとぐっと飲み下すことができず、そのままほとばしらせてしまう。

つらい……、つらすぎる原因だ……。シモの筋力が衰え頻尿になっているうえに、喉の筋力も衰えてしばしば飲食物にむせる。さらには、オヤジギャグも我慢できずに言ってしまう。こりゃもう救いようがない。今後は私も開きなおって、「フォーメーションしっこう猶予！」と宣言し、テーブルをくっつけない形で友人たちとご飯を食べようと思う。

しかしそれにしても、「しっこう猶予」のおじさんは冴えわたっているし、「道理だ、道理だ」と悠然と受け入れる仲間のおじさんたちも大人の風格がある。中途半端な若僧だと、「おまえ、なに言ってんだよ！」などとツッコんでしまいそうなところ、おじさんたちは特にウケるでもしらけるでもなく、「道理だ、道理だ」。

澄んだ水のような、あるいは空気のような、限りなく透明に近いブルーならぬオヤジギャグ（え、もしやこれもオヤジギャグの一種⁉ あわわ）。この境地に早くたどりつきたいものだが、それには大切な要素があると還暦祝いのおじさんたちを見ていて気づいた。

おじさんたちは本当に仲良しだったのだ。会話から推測するに、釣りが共通の趣味らしく、「あそこの釣り場はよかったね」などと夢中で話しあう。マウント合戦や仕事の話は皆無で、いい釣り場にたまたま同行できなかった仲間には、「今度一緒に行こうな。おいしい居酒屋さんもあったから」「うんうん、楽しみだねえ」といった調子だ。風通しがよく、損得の概念が発生しようのない、長年の気の置けない友人同士なのだと察せられた。

それゆえ、あとから来たおじさんも、「登場シーンで一発ウケを狙おう」といった下心はまるでなく、思いついたオヤジギャグをただ言ってみることができたのだし、仲間のおじさんたちも身がまえることなく受け止めたのだろう。挨拶がわりに軽く尻を嗅ぎあってじゃれる犬のようなものだ。……いや、これだとたとえが悪いかもしれない。肩ならしの投球練習をするピッチャーと、ミットで難なく球を受け止め、「今日もいい音出てるよー」と笑顔を見せるキャッチャー。……また野球でたとえるという昭和感を漂わせてしまった。

とにかく、おじさんたちにとってオヤジギャグは、ウケとか引かれるかもとかを云々するものではなく、もはや挨拶や投球練習に等しい日常に組みこまれたルーティーンであり、それを通して互いの体調や気分を推し量る体温計みたいなものなんだなと思った。そしてその体温計を動かす電池は、お互いへの信頼と友情なのだ。肩の力を抜いて接することができる相手だからこそ、限りなく透明に近いオヤジギャグはのびのびと放たれ、悠然と受け止められて、きらめきを放つ。

　私もおじさんたちを見習って、還暦になっても友だちとアホなこと言いあえるよう、風通しのいい間柄を保ち、いまから肩をほぐしておこうと思ったのだった。

章末書き下ろし　その二

# 五右衛門風呂のその後

観葉植物の葉っぱに邪魔されながらスマホをぽちぽちした私は、ごく近所に、植え替えも受け付けているお花屋さんがあることを発見した。写真を見ると、ちょっと変わった花を入荷しているし、きれいでかっこいいアレンジメントも手がけているようだ。

おお、このお店はいいかもしれない。さっそく偵察に行き、まずは自宅に飾る切り花を買ってみた。応対してくれた女性にさりげなくうかがってみたところ、そのひとが一人で営んでいるお店で、一年ほどまえにオープンしたとのこと。えっ、一年まえからあったの⁉　しょっちゅう通る道沿いなのに、店の存在にまったく気づけていなかった。私はふだん、どんだけ一心不乱に歩いたり自転車を漕いだりしてるのだろうか。

買って帰った切り花は元気に長持ちし、目と心を楽しませてくれた。店内で的確かつ丁寧に花を扱っている、良心的なお花屋さんなんだなと、この一点からも推測できる。店主の女性も感じがよく親切なかただったので、「この店に植え替えをお願いしてみよう」と決めた。観葉植物は、私の大切な同居人。慎重に、偵察という段取りを踏んだのである。

私は徹夜して、植え替えが必要と思われる観葉植物（複数）の写真を撮り、現状の鉢のサイズをメモした。どの植物をどの鉢へとサイズアップしてほしいのかも図解した。適正なサイズの鉢がたりなかったら見つくろってほしいし、余ってしまう五右衛門風呂的大鉢をどうすればいいのか、絶望している旨も記した。

その紙を持参して再びお花屋さんを訪ね、「どうかお力を貸していただけませんか」と嘆願。下手な図解のせいでなおさら混迷が深まっている紙を渡され、お花屋さんも困惑したことと思うが、快く引き受けてくださった。後日、開店まえにわざわざ拙宅までメジャー片手に下見に来て、どういう手順で植え替えするかを算段し、余った鉢に植える新たな植物についての相談にも乗ってくれた。そのうえで提出された見積もりは、これまた良心的なものだった。

そして当日、お手伝いの女性と一緒にやってきたお花屋さんは、拙宅の玄関先やベランダの狭いスペースを活用し、てきぱきと植え替えを実行した。全面的に土を入れ替え、肥料ももらって、サイズの合った鉢に引っ越すことができた観葉植物は、どれも見ちがえるほどシュッとした。いや、剪定(せんてい)したわけではないので、あいかわらず野放図な枝ぶりで、見ちがえようもなく本人（？）なのだが、明らかにのびのびと呼吸し、「俺、おとなしく鉢に収まってるような植物じゃないぜ。まだまだ成長するぜ」と自信を取り戻した様子だ。活力に満ちた我が子たち（？）を目の当たりにし、私は感涙にむせんだ。

五右衛門風呂的大鉢はというと、お花屋さんとお手伝いのかたが、二人がかりでフェイジョアの木を植えて、ベランダの隅っこに押しこんでくれた。おかげさまで私は、部屋のなかで身動き取れるようになった。またも感涙し、復活したスペースでお二人への感謝の舞いを捧げたのは言うまでもない。

フェイジョア（南米原産）は常緑樹で、冬でも寒々しくないし、五月ごろには赤くてかわいい花をたくさん咲かせる。さらに、食べられる実までつけるのだ。私の日常に、花びらを食べにくる鳥を追い払う業務が加わった。いまのところ、いいように鳥に花をむしられ連敗を喫しているが、それでもけっこう実を収穫できたので、お店に持っていって、お花屋さんにお裾分けした。各自で実を追熟させ、食べてみたお花屋さんと私の感想は、「ねっちりした梨みたいで、レモンのようにさわやかな風味もあり、甘くておいしい」だった。

ほかにもいくつか余っていた鉢があったので、この機にシマトネリコやらローズマリーやらを植えてもらい、玄関先に設置することにした。置き配ボックス（という名のゴミ箱）しかなかった、殺風景な拙宅の玄関が、とたんにおしゃれなムードに！　まあ、私の管理不行き届きに加え、猛暑の影響もあったのか、今年（二〇二三年）はローズマリーにカイガラムシが発生し、歯ブラシでこすり落としまくる業務に追われていたのですがね。なんとか駆逐できたようで、よかったよかった。

そういえば、植え替えしたなかで一番大きく、古株のメンバーだったのはパキラなのだが、今年の梅雨どきに、急に葉を落としはじめた。あわわ、寒いのかな？　と案じつつ見守っていたところ、夏になるとどんどん新芽を出し、新しい葉をわんさか繁らせた。その時点で、植え替えから丸二年が経過していた。どうやらパキラは、新居（新鉢）の住み心地を二年かけて慎重に確認し、引っ越し祝い（？）にもらった肥料を少しずつ全身に行き渡らせて、すべての葉を一挙に刷新するという冒険に打って出たようなのだ。

植え替えから二年経ってようやく、「ん？　俺やっぱり、広い家に引っ越したんだわ」と確信を得て、羽（という名の葉）をのばしはじめるパキラ。とことん、人間とは生きるペースがちがうんだなあと痛感される出来事であった。すべての動作がのろいと定評のある私ですら理解に苦しむ、超スローモーぶり。私は植え替え当初から、きみがのびのび生き生きした雰囲気を醸（かも）しだしてることに気づいてたぞ。なんでもっと早く、葉の総入れ替えを実行しなかったんだ？　しかし同時に、植物もやはり人間と同じく生き物で、引っ越したり気分転換したりすることによって、やる気がみなぎるものなんだなあとも思ったのだった。

植え替えをお願いして以降も、お花屋さんにはいろいろとお世話になっている。ふと思い立って自宅用の切り花を買いにいったり、プレゼント用のアレンジメントを作ってもらったり。私はベランダに小さな花の鉢植えを並べて育てているのだが、放任主義が行き過ぎて、冬に枯れてしまうものも出てくる（無惨）。そのため、あたたかくなったらお店に行って新顔を見つくろい、自分でせっせと植え替えたりもする。ご近所にいいお花屋さんがあるおかげで、生活に張りあいが生じた。植物の具合が悪そうなときには、すぐに対応策を教えてもらえるのも心強い。

お店では、季節に合ったリースやアレンジメントを作るワークショップも開催している。私も参加し、苔玉（こけだま）づくりに挑戦した。お椀（わん）を使って土の玉を作り、表面に苔を巻きつけ、タコ糸を網目状に掛けることで固定する。土の玉を作るときに、コウモリランを植えこんだので、できあがった苔玉から、立派な葉っぱがにゅっと生えている形になる。おおー、お花屋さんの丁寧なご指導のおかげで、無事に苔玉が爆誕したぞ。

そのときのワークショップには、私も含めて三人が参加していたのだが、私の苔玉が図抜けて大きく、なんかちょっと歪んでいた。手先の不器用さのみならず、体形や内面までもが、苔玉には反映されてしまうものなのか？　でもまあ、自分で作った苔玉なので、愛着も湧く。持ち帰った苔玉をお皿に載せて飾り、霧吹きで毎日せっせと水をかける業務に邁進（まいしん）した。

しかし一年ほどすると、苔玉の下部が崩壊してきた。土と苔を留めていた糸がはちきれたのだ。やはり太りすぎ……。いやいや、筋肉だ。『北斗の拳』で、ケンシロウの服が木っ端微塵（こっぱみじん）に破れ散っていたのと同じだ。

筋肉のたぎりを早急に食い止めないことには、苔玉が全裸になってしまう。すなわち、植えてあるコウモリランが根っこまで露出し、「きゃっ、恥ずかしい」って思いをさせてしまう。どうすればいい。室内を見まわした私は、咄嗟にパンティストッキングを手に取り、片脚部分をちょうどいい長さに切って、苔玉に穿かせた。ケンシロウにパンストを穿かせてるようなもので、いたたまれぬ思いがしたが、この事態を放置していては、公序良俗に反した罪でケンシロウが逮捕されてしまうかもしれんのだ。なにを言ってるのかよくわからなくなってきたが、とにかく全裸よりはパンストを穿いてるほうがましだろうと判断した（そうか？）。

パンストによって筋肉のたぎりが鎮まった苔玉は、拙宅で元気に過ごしている。またたぎってはいけないので、パンストはずっと穿きっぱなしだ。

なんで？　せっかくいいお花屋さんにめぐりあったのに、なんで私の生活はいまひとつおしゃれになりきらないの⁉（答え：私の生活だから）

花は鳥に食われるし、ハーブはカイガラムシにたかられるし、苔玉はパンストを穿く。長年同居していても、パキラの素っ頓狂な行動は読めないままだ。それでもやはり、植物と過ごす日々は楽しく刺激的で、私は新しい仲間を迎え入れるべく、ちょくちょくお花屋さんに足を運ぶのだった。

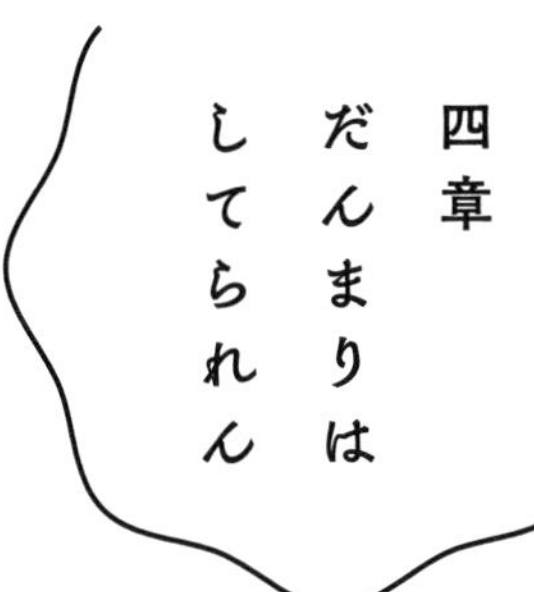

# 四章 だんまりはしてられん

# 地下活動

私は原稿を仕上げるのが遅い。たいてい二、三日は締め切りを過ぎる。そういう書き手と仕事をするのは、編集者としては不安だろう。常に胃がキリキリし、睡眠中もふいにむせて飛び起きる、といった毎日を送っていることと思う。私はかれらのご不安を少しでもやわらげるべく、「メールの着信に気づいたら即座に返信」「ゲラ（校正刷り）のチェックはなるべく早く」「電話がかかってきたらすぐに出てへこへこ謝る」をモットーにしている。

気のつかいどころがちがうのではないか。そんなモットーを掲げるまえに、さっさと原稿を書けばすべての問題が解決するのではないか。そう思われるかたもいると思う。しかし考えてもみてくださいよ。自動販売機だって、お金を入れてボタンを押せば自動的に品物が出てくると思いがちですけど、実際はそうじゃなく、商品を補充したり、機械をメンテナンスしてくれたりするひとがいてこそ成り立っているわけです。「締め切りは〇日です」「はーい、了解しました」で、ポチッとボタンを押してゴロゴロロッと原稿が仕上がるなら、編集者も書き手も苦労はしないのである!!!（急に昂ぶる）

　まあとにかく、肝心の原稿以外の部分では、せめて迅速な対応をしなければならんと自身に課してきたのだが、先日そうも言っていられない大ピンチに見舞われた。締め切りを一週間過ぎても、まだ原稿が仕上がる気配がなかったのだ。

　なんで⁉　毎日毎日ひたすら書いて調べ物してまた書いてを繰り返してるのに、なんでこんなに進みがのろいの⁉　完全にペースを読み誤った。雑誌に穴を空けるような類の原稿ではなかったのだが、それがかえって、無意識のうちに吾輩のなかの油断を呼び起こしたのかもしれず、結果として史上最大のピンチに直面してしまったことに変わりはない。

　かくなるうえは……、地下に潜るしかないっ！　私はモットーをかなぐり捨て、担当編集さんからの連絡に反応を示すのをやめた。不安を倍増させてしまって申し訳ないが、ここに至っては、原稿に集中するのが先決と判断したからだ。別件のゲラはチェックして返さないと被害が拡大してしまうので、地下からちょっと顔を出したが、その際も別件の編集さんに、「〇社の編集者に会うことがあっても、後生だから、『三浦め、いまごろどこでどうしているのやら。もう三年ほど音信不通ですねえ』と言ってほしい！　まかりまちがっても、『このあいだゲラのやりとりしたけど、元気そうでしたよ』とは言ってくれるな……！」とお願いしておいた。各社編集さんは、一部のダメ人間とのつきあいに慣れているので、「あー、はいはい。わかりました」と、なまぬるい笑みで請けあってくれた。

私はこれ幸いと、別件の編集さんに、自身がいかに苦境に陥っているかを訴えた。

「もうずっと、ずっと、その案件にかかりきりなんですよ。なのに終わりが見えない！　そもそも、なんで一文字ずつパソコンに打ちこまなきゃならないんでしょうか。なんかシステムがおかしくないですか⁉」

「なにひとつおかしくないです」

と、別件の編集さんは言った。「いいから一文字ずつ打ちこんでください」

「すみません、取り乱しました」

しかし諦めきれなかったので、音声入力というものにチャレンジしてみることにした。頭のなかに文章はあるのだ。それを一文字ずつ打つよりも、声に出して、パソコンに文字化してもらったほうがきっと速いだろう。

「でも、ダメなんだよ……！」

と、私は自宅に届け物をしにきてくれた友人に訴えた。「まずは試みに、スマホに向かってしゃべってみたんだけど、『あ〜、うう……』としか言えなかった。どんだけ自分に陶酔すれば、『そのとき〇〇（主人公の名前）の脳裏を、過去の情景が閃光（せんこう）のようによぎったのであった。』なんて言葉がすらすら口から出てくるのか教えてほしいよ！　太宰治が『駈込（かけこ）み訴え』を口述筆記したっていうけど、誇張なんじゃないかな。真相は、原稿全部できてて、それを電話口で読みあげてたとか、そんなところなんじゃないかな。いやわからんけど。太宰治は天才だからすらすら口述できたのかもしれんけど！」

「気持ちはわかる」

と友人は言った。「私も、『ヘイ、Ｓｉｒｉ！』なんて気恥ずかしくて言えやしないよと思って、音声入力系は使ったためしがない。しかし、だったらとにかく、一文字ずつ打ちこむしかないでしょ」

「はい……」

みなさまのおっしゃること、まったくもってごもっともなり！

私は地下に潜伏したまま、ポチ……ポチ……と文字を打ちこみつづけた。打つ速度が明らかに遅いが、地下は暗く静かで、どうしても眠気が……。寝てる場合か。そして締め切りを十日過ぎてようやく、地下からそっと原稿を送ったのだった。

「三浦のやつ、全然音沙汰ないけど、もしやトンズラ⁉」とやきもきしていた担当編集さんは、「地下にひそんでいやがったか！」と気づき、マンホールの蓋をガンガン叩いて、「ちょっと三浦さーん！　原稿読みましたよー。怒らないから出てきてくださーい」と呼びかけたのだが（つまり電話をかけて、何度も留守電に吹きこんだのだが）、そのころ私は力つき、ネズミにかじられながら倒れ伏していた（つまりピカチュウのぬいぐるみと同衾し、ぐーすか寝ていた）。

だからまだ、原稿の細部についての打ちあわせはできていない。

二度とお天道さまに顔向けできぬあれこれの失態、猛省しています！


追記：章があらたまったというのに、このていたらく。やっぱり喉もと過ぎればすべて忘れて、油断しきって日々を暮らし、結果として仕事がピンチになったということなんだろう。このときなんの仕事をしていたのか、正直に言うとまたも覚えてないんですけどね……。記憶力の低下が著しすぎるのではと不安になってきたのだが、いや、待って。ひっきりなしに仕事しつづけているから、もう、いつなにを書いてたかの区切りが曖昧って可能性はないか？　ないな。わりと各種週刊誌とか読んでる時間が長いもんな。

やめてー、あたしから週刊誌を奪わないでー。お昼食べながら週刊誌読んで、「これ、けっこうなスキャンダルな気がするけど、テレビのニュースでは全然取りあげられないな」とか思いつつ昼寝するのが至福なのー。

昼寝？　貴様、ちょっとそこへなおれ。すみません、本当に猛省しています！

## 太陽に絶望

もしかして私はサブスクに向いていないのかもしれない。特にＮｅｔｆｌｉｘなどの映像系がダメだ。

いや、Ｎｅｔｆｌｉｘ自体にはなんら落ち度はない。ひたすら私自身の問題で、「今日はなにを見ようかな」とアプリを開いてトップ画面を眺める。おもしろそうな映画やドキュメンタリーがいっぱい表示される。するともう、「絶望……」となってしまうのだ。「世の中にはこんなにたくさん作品があるというのに、私の寿命は長く見積もってもあと半世紀ほど。どうあがいても、たくさんの作品のうちの一割も見きれないうちに死んでいくさだめ。嗚呼（ああ）……！」と。なんだか打ちひしがれてしまって、結局なにも見ずにアプリを閉じる。見ろよ。

太陽の寿命があと五十億年ぐらいあると知って、彼我（ひが）のスケールのちがいに呆然自失（ぼうぜんじしつ）する感覚に近い。太陽のごとく莫大な作品群を擁するＮｅｔｆｌｉｘに到底追いつけぬちっぽけな俺。全部を見きれないなら、もういますぐ潔く腹かっさばいて果てたほうがいいのではないか、と過激主義に走りそうになる。あるいは、「おまえが俺を愛さないなら、俺だっておまえを愛するのをやめてやる」理論とでも言おうか。

そのため、ちょくちょくＮｅｔｆｌｉｘに絶縁状を叩きつけている（つまり、頻繁にサブスクを解約する）。しかしすぐに、「でもやっぱ、おまえを愛してるんだよ。おまえは俺を愛してくれないけど、それでもいいんだ」と復縁を申しこむ。そのたびに、「おかえりなさい！」的なことを言ってくれるＮｅｔｆｌｉｘ。「え、ありがとう。こっちの勝手な都合で離れちゃったのに、優しいんだね」と少し心がなごむ。だが一カ月もしないうちに、また「絶望……」となって、絶縁。この繰り返し。どんだけＮｅｔｆｌｉｘにかまってほしいんだ自分。

音楽系のサブスクだと、こういう感情は湧かない。加入しっぱなしで、三、四十年まえに流行った楽曲を聴いて至極満足している。

そう考えると、ポイントは「思い入れ」なんだなとわかってくる。私は音楽に不案内で、最先端の流行を追いたい、追わなければという気持ちがまったくない。ここだけの話、「ＹＯＡＳＯＢＩ」は曲のタイトルではないということを、二カ月ぐらいまえまで確信をもって断定できていなかったぐらいだ。

でも、映画やドキュメンタリーといった映像作品については、音楽よりも興味がある。それゆえ、「ああ、どうしよう。見たい作品がこんなにいっぱいあるのに、寿命が……！」とあせってしまうのだと思う。漫画や小説のサブスクとなったら、さらに症状が重くなるのは自明なので、読み放題的なものには絶対に加入しないでおこうと決めている。

と書いていて気づいたのだが、私の「絶望……」ポイントはもうひとつあるようで、それは「あせり」だ。作品が無数すぎて、見ても見ても追いつかない。でも見たい。見なきゃならないと次第にあせってくる。この、「賽(さい)の河原の石積み」「底の抜けた柄杓(ひしゃく)で水を汲む」的終わらない苦行に、極端なストレスと恐怖を感じる性質(たち)らしい。

そういえば思いあたる節がある。私は『あつまれ　どうぶつの森』みたいなゲームもものすごく苦手だ。木の実を採ったり、花を植えたり、魚を釣ったりしなきゃならない。お金を貯めて家具を買ったり、なんかよくわからんがゲーム内でイベントが開催されたり、歩いてる動物から「○○が欲しいな」って急に言われて期待に応えなきゃならなかったりもする。非常にあせる。「あわあわあわ」となって、すべての責務を放擲(ほうてき)し黙々と草を刈る。でも翌日には、また草が生えている。もういやだ！　なんでゲームのなかでまでノルマを課せられ、あくせく労働しなきゃならんのだ。これを楽しめるひとって奴隷かなにかなのか⁉（ちがいます）と一人で逆ギレして終わる。

もしかして私は、サブスクではなくエンタメ全般に向いていないのではないか？　恐ろしい疑念が生じてきてしまったが、とにかくＮｅｔｆｌｉｘには、「トップ画面に表示する作品はせいぜい十個ぐらいにとどめてほしい」と要望したいし、森に住む動物たちには、「私には決して話しかけず、ノルマを課さず、イベント開催も知らせてこないでほしい」と要望したい。

現実において、私は黙々とベランダの植物の手入ればかりしている。なんでなんだろう、と我ながら不思議だったのだが、植物の成長スピードはさほど気ぜわしくないので、あせらなくてすむし、鉢の数も自分の手に負えるぶんだけに調整できるため、「絶望……」とならないからだろう。植物は無口で、こちらになにか要求してこないのもいい。水やりや肥料のタイミングさえつかんでしまえば、ほとんどなにも考えずに淡々とお世話できるし、植物は植物で勝手に淡々と生きてくれる。大変に気が楽だ。

またわかった。私は「責任を負う」のが根本的に苦手なのだ。いっぱい作品があるからには見なきゃならない。動物たちの期待には応えなきゃならない。でも当然ながら、十全には任務をはたしきれない。「俺の力がたりぬばかりに、すまん」と打ちひしがれる。つまり、実は責任感がありすぎるがゆえのあせりであり絶望なのであって、根が生真面目なのですな。いやほんとに。

追記：ふふ、目次をよく見たら、五右衛門風呂にも太陽にも絶望している。タイトルのつけかたにバリエーションがないっ。

# 黒ミサ友の会

最近、拙宅で「布教会」をしている。

と言うと、なんだかあやしい会のようだが、そうではない。ＥＸＩＬＥ一族を好きな友人たちが集まって、ＤＶＤを鑑賞して楽しむ。その際、ＥＸＩＬＥ一族に詳しくない友人（一名）にも声をかけ、副音声のように「見どころ」「おすすめポイント」をみんなでさりげなく解説するのである。

やはりあやしい会だった。ファミレスでカモを取り囲み、寄ってたかって高い壺を買わせるような行いだった。

しかしまあ大半の時間は、ＤＶＤを流しっぱなしにしながら、一族とは関係ないことをみんなでわいわいしゃべっている。新型コロナのせいで二年以上、ろくに会えていなかったので、お互いに話したいことが溜まっているのだ。我々「布教会」のメンバーにとって、一族関連のＤＶＤはもはやヒーリング映像と化しており、流しっぱなしにしているだけでも、自然と心が満たされて穏やかな気持ちになるから不思議だ（「布教会」にふさわしい、あやしげなことをまた言いだした）。

　では、カモ、じゃないじゃない、一族に詳しくない友人は、この会に対してどんな反応を示すのかといえば、こちらの予想以上にノリノリになってくれる。やはり「オタクの友だちはみなオタク」ということなのか、創作物やエンタメ全般についての勘所がよく、映画『ＨｉＧＨ＆ＬＯＷ』シリーズのＤＶＤを見せれば、

「待てぃ、みなまで言わずとも承知した！（↑テレビ画面に向かって熱く話しかける友）つまりこれは、拳を交わしあった男たちがいつしか共闘し、巨悪と対峙するようになる、という話なんだな？　それにしても出演者全員……、なんたる顔面の強さよ！」

　と食い付くし、コンサートのＤＶＤを見せれば、

「エモ！　やぁん……、エモい！」

　と身もだえる。

　えっ？　いま、「エモやん」って言った？　なんで急に黄色い声で江本孟紀氏を呼ぶのかと驚いたのだが、「いまんとこ巻き戻して！」と要求されたので、どうやら私の勘違いだったようだ（お若く、なおかつ野球にあまりご興味がないかたへの註：江本孟紀氏＝元プロ野球選手、愛称「エモやん」）。

　しまいには、映画『ハイロー（と略す）』シリーズの二作目、「雨宮、押せー！」と琥珀さん

（登場人物）に言われた雨宮兄弟の次男が、緊迫したシーンにもかかわらずわりとのんびり回想などしたのち、ノートパソコンのＥｎｔｅｒキーをポチッと押した瞬間、

「押したー！」

と、「布教会」参加者全員がスタンディングオベーションするという、謎の一致団結感を見せるに至る。

「押しましたなあ」

「押しました。いやあ、よかった」

「作中の盛りあがりが頂点に達したときに、登場人物に行わせる動作が『Ｅｎｔｅｒキーを押す』だなんて、ふつうありえる？」

「せめて、『葛藤したすえにピストルを発砲する』とかだよね」

「『ハイロー』、まじで斬新すぎる作劇で、何度見ても味わい深い……！」

などなど、おもむろに着席して熱心に語りあう我々であった。

むろんそのころには、一族に詳しくなかった友人も「布教会」への入会表明をしている。メンバーが一人増えた我々は、また新たなるカモ、じゃないじゃない、一族に詳しくない友人に声をかけ、再び開催される「布教会」。熱狂に満ちた、「押したー！」＆スタンディングオベーション。なんだかんだ言って、みんなこのシーンが大好物なので、毎度律儀に「押したー！」

をやってしまうのだ。どういう儀式なんだ、黒ミサか。めでたく、メンバーがもう一名増員。楽しく地道に布教活動はつづく。

「布教会」メンバーは口々に、「最近、疲れが取れなくてさー。人間関係もややこしいし、もう会社を辞めたい」と言っていた。気持ちはわかる。私は会社勤めではないが、それでも隙あらば、「あー、働かずに『布教会』の活動だけして生きていきたいもんだなあ。そのためにはやっぱり、競馬か徳川埋蔵金だな」と算段している。ちなみに今年（二〇二二年）のダービーは大負けした。埋蔵金探索用に、そろそろスコップを購入しようと思う。

たぶんこの「働きたくない願望」、加齢のせいだと思うんですよね（不況だとか人手不足で過重労働だとかのせいもありそうだが）。ばりばり働こうにも体力が追いつかないし、「会社内での自分の立場や先行き、なんとなく見えたな」って感じるお年ごろなんだろうし。

そこで我々「布教会」のメンバーは、二キロのダンベルをふんふん持ちあげたり、風呂上がりにストレッチをするよう心がけたりと、それぞれトレーニングを開始することにした。徳川埋蔵金を掘り当てる腕力を獲得するためと、「押したー！」と立ちあがった瞬間にぎっくり腰になるのを予防するためだ。

だが、なにしろ運動とは無縁なオタクの群れ。毎朝、「吐きそうなんだけど……（↑二キロのダンベルで限界を迎えたらしい）」「ストレッチをするたびに腰が痛む。むしろ体に悪い気がする」と泣き言のメッセージが飛び交っているが、これでもう、楽しい老後への備えは万全だ（わたくしは早くもトレーニングから離脱寸前です。人類たるもの、体を動かすなんていう無茶はするべきではないと思う）。

## 生きてるだけで汗だく

毎年言っている気がするが、夏の暑さが尋常ではないっ。遅きに失した感はあれど、これはもうとにかく本腰入れて温暖化対策を講じなければ、大変なことになるっ。

と思うも、命あっての物種なので、控えめに仕事部屋のエアコンをかける。夏に負けた気がして悔しい。ちなみに居間は、ご飯を食べるときしか滞在しないため、扇風機でしのぐ。汗だくになって調理、汗だくになって飯。さっさと食べないと命にかかわるから、昼はゾバーッとそうめんをすすり、夜はゾバーッと蕎麦(そば)をすすって、それぞれ五分ほどで食事を終える。ダイソンの掃除機なみの吸引力を誇る私だ。

そんな私をかたわらで励ましてくれる扇風機は、ダイソン製ではなく、二十年ほどまえに二千円ぐらいで購入した店頭見切り品だ（メーカー不詳）。以前にもどこかで書いたが、長年の酷使により、扇風機は首の関節に不調をきたしており、脈絡もなくしょっちゅうがっくんがっくんうなだれるので、「うなずきくん」と呼んでいる。そろそろ買い替えたいけど、うなずきくんはがっくんがっくんしながらも健気(けなげ)に風を送ってくれるため、「きみ、そろそろ引退していいよ」とは切りだしにくく、あいかわらず同居がつづいている。

玄関内がさらに地獄の暑さで、届いた郵送物を開封、仕分けしていると全身汗まみれになる。下駄箱のまえに立って、手を動かしてるだけなのに、どうしてこんなにずぶ濡れに……？

「そうですね、勝因は……（はあはあ）、横綱の胸を借りるつもりで（はあはあ）、思いきって当たっていったおかげで……（はあはあ）、上手を取れたことにつきますね……（はあはあ）」。思わず、「取り組み後のおすもうさんのインタビュー」ごっこをしてしまう。荒い息、とめどなく滴る汗。むろん、玄関にいるのは俺一人。とんでもない家に届けられちまったな、と郵送物もたじろいでいる。

暑さのせいで汗腺も脳の調子もおかしくなった。老齢の母は死んでるのではあるまいかと心配になり、近所にある両親の家を訪ねてみた。庭さきにまわって声をかけるも、返答がない。こりゃやはり、死……。開けっぱなしの掃きだし窓から侵入し、寝室を覗いてみたら、母はつぶれたカエルみたいになってベッドに横たわっていた。

「お母さん……？」

おそるおそる声をかけると、

「ふが？」

と目を開ける。「あら、あなたなんで勝手に入ってくるのよ。いやあねえ」

よかった、死んではいなかったようだ。ベッド脇に置いた扇風機からそよそよと風が送られ、それなりに快適そうである。

「今日は格別に暑いから、どうしてるかと思って。あたしさっき、郵送物を仕分けしてるだけで汗だくになったよ」

するとと母はつぶれたカエル状態のまま、

「力道山……」

と天井に視線をやった。

「は？」

「いま急に思い出したんだけど、お母さん、子どものころに力道山を見たことがある」

（お若いかたへの註：力道山（一九二四～一九六三）とは、元力士かつ大人気のプロレスラー。彼のプロレスの試合に日本じゅうが熱狂した）

「街頭テレビで？」

「ううん、生で目撃した。私はまだ十歳にもなってなかったころだと思うんだけど、お兄さんとお姉さんたちに連れられて、夏は毎年、おじいさんの家に遊びにいってたの。その年も、大磯かどこかからバスに乗って、海岸沿いの道をおじいさんの家へ向かってた。それでふと車窓から外を見たら、オープンカーに乗った、上半身裸の力道山がいたのよ！」

「……ちょっと待った」

と私は言った。「オープンカーで、上半身裸⁉　そんなわかりやすい『力道山感』ってあるかな。それ本当に力道山だったの？　長州小力的な、そっくりさんだったんじゃないの？」

「当時は、長州小力はまだいないわよ（←そりゃそうだけど、私はそういうことを言いたいのではない）。あれはたしかに力道山だった。一緒にバスに乗ってたお兄さんも、『あっ、力道山だ!』って興奮してたもの。お兄さんに聞けば証言してくれると思うけど、あー、どうかなあ、覚えてるかしら。なにしろ私たちきょうだい、みんな年取っちゃって、記憶力がほら……」

そこだ。私が問題にしているのも、母の衰えつつある記憶力であり、ただでさえ母は、「平井堅を町田駅前で見た」などと無茶なことを言うひとなので（真相はわからんが、平井堅はたぶん町田にはいない）、七十年近くまえに目撃したという、「オープンカーに上半身裸で乗っていた力道山」が、はたしてご本人なのかどうか、あやしいところだと思うのだ。

でもまあ、年代的にも、夏の大磯近辺という場所的にも、力道山が出没してもおかしくはない気もする。「いかにも力道山」といった姿で海辺の道を車で走り、チビッコだった母ときょうだいたちを大興奮させた力道山。もしかしたら「小力道山」的なそっくりさんだったのかもしれないが、力道山はきっと、チビッコの夢を壊すことがないよう、ふだんから力道山的イメージを保ってオープンカーを疾駆させるひとだったにちがいないと思えて、なんだか愉快で胸が熱くなった。

しかしどうして母は、私が汗だくになった話を聞いたのをきっかけに、元力士かつプロレスラーの力道山目撃譚を急に思い出したのか。そこんとこ、ちょっと気になりますな。

## 再びのブンブン猛襲

去年（二〇二一年）の十一月、拙宅の玄関先の支柱にハチが巣を作ったことは、以前にご報告した。柱の根もとに小さな穴をあけ、内部に住みついたようなのだ。柱を出入りするハチを目撃した私は、泡を食って「東京都ペストコントロール協会」（勝手な通称：「ペスコン」。害虫・害獣駆除の業者を紹介してくれる）に電話した。ペスコンのひとは、「ハチはもうすぐ寒さで死ぬから、放置でよし」とアドバイスをくれたのだった。

ペスコンの的確な判断どおり、以来、拙宅の玄関先は平穏を保っていた。ところが七月下旬、同じ支柱にまたもハチが出入りしているところを目撃してしまったのだ。しかも気温が高いせいか動きが活発で、ドアから一歩出た私のまわりを、「ブーン、ブブーン（なんだおまえは、やんのかこら）」と二匹がかりで飛びまわる。

ぎゃああ。急いで屋内に引っこみ、むろんペスコンにＳＯＳの電話をかけた。ペスコンのひとは、「あらま。でも、業者に頼むとそれなりにお金がかかりますよ。まずはご自分で、殺虫剤を穴に噴霧してみるのも手です」と言ったのだが、「無理です！　いや、無理なことを業者のかたに頼んで申し訳ないんですけど、ハチが怖すぎて無理なんで！」と頼みこみ、近隣の業者を紹介してもらった。

「はいはーい」と気さくな感じで電話に出た業者の男性（以降、ハチプロと呼ぶ）に、必死の思いで事情を説明する。

「なるほど、柱のなかに巣ですか。でも、僕がやるとどうしてもお代をいただくことになってしまうので、まずはご自分で……」

「無理です！」

ハチ界隈、なぜ商売っ気がないんだ。

私の懇請に応え、ハチプロはワゴン車に乗って駆けつけてくれた。私と同年代ぐらいの男性で、「どれどれ、へー！　こんなとこにねえ」と支柱を覗きこむ。

「あああ危ないですよ！」

「なあに、平気です」

とにこにこしているハチプロに気づき、ハチがさっそく、「ブブブーン（やんのかワレ！）」と威嚇飛行をはじめた。私は外通路をダッシュして十メートルは距離を取り、「さ、刺されないように気をつけてー」と声をかける（つまり自分だけ逃げた）。

「これはハキリバチの仲間だと思いますねー」

「ちょっと見ただけでわかるんですか、すごいですねー」

「この道一筋二十年以上ですから、わかりますよー」

遠すぎて大声でしゃべらなきゃいけないので、ハチがちょっと鎮まったのを機に、おそるおそるハチプロのもとに戻る。

ハチプロによると、ハキリバチの一族は木造家屋の外壁に穴をあけ、内部に一面びっしり巣を作ることがあるそうで、そうなると厄介なのだそうだ。

「ただ、この柱のつくりからして、住んでるのは数匹です。たぶん、本家はべつにあって、そっちが手狭になってきたので、ここに分家したんでしょう」

「まさか、本家もこの近くに？」

「いいえ、通りを越えたどこかです。三浦さんとこに来る手前の道で、ハキリバチが飛んでるのを見かけたので」

車の運転をしながらもハチの観察。さすがハチプロだ。

「で、どうします？　ハキリバチは、こちらが手を出さないかぎり、まず攻撃はしてこないです。ご自分で手持ちの殺虫剤で駆除すれば、タダですけど」

「無理ですから！」

お願いだから商売っ気を出して、ハチプロ！

ハチプロはワゴン車から銀色のタンクを運んできた。タンクには長いノズルがついており、そこから殺虫剤を噴霧する仕組みだ。

「あの、防護服みたいなのは着ないんですか？」

「スズメバチのときはさすがに着ますが、ほかのハチに対しては必要ないですよ」

と言うが早いか、支柱の穴にノズルをつっこみ、ブシャアアアと殺虫剤を流しこむハチプロ。「いまからやります」って事前に通告してくれ。猛ダッシュで逃げる私。巣の異変を察知したのか、空から三匹ほどのハチがブーンと飛来した。ハチプロは剣豪のごとくノズルを振りまわし、シュッシュッと殺虫剤を過(あやま)たず噴きかけて、一撃でハチを落としていく。

「不思議だなあといつも思うんですけどねー。ほかのハチは殺虫剤を浴びると体を丸めて死ぬんですが、ハキリバチの仲間だけは海老(えび)反りになって死ぬんですよー」

ハチプロはハチの攻撃を華麗にさばきながら、退避した私に解説してくれる。このハチプロの腕にかかれば、ハチは文字どおりイチコロ。私が頼んだことながら、少々ハチが哀れになり、「南無(なむ)……」と遠くから手を合わせる。

ハチプロはその後、敷地内の茂みに身をひそめた。時間をおいて巣に戻ってくるハチを狙い撃ちするためだ。私は遠方から空の偵察を担当する。

「あっ、ハチプロ！　一匹そちらへ向かっています！」

バサーッ！（茂みから立ちあがる）　シュッ！（一撃で撃ち落とす）　ガサガサ（再び茂みに身をひそませる）。

ハチプロ、ベトコンみたいになっている……。三十分ほど茂みで粘り、すべてのハチを退治したハチプロは、柱の穴を金網とシーリング材で器用にふさぎ、もう一本の柱にも同じようにハチ予防策を講じてくれたのち、

「もし一年以内にハチが出たら、無料で駆除しますんで」

と言って、颯爽（さっそう）とワゴン車で去っていった。なんて頼もしいんだ、ハチプロ。料金も、「さして危険ではないハチだったので」と割安にしてくれた。商売っ気……。

## 魂の炸裂

映画『HiGH&LOW THE WORST X(クロス)』、すでにほぼ全人類がご覧になったはずで、いまさらこんなことを言って恐縮だが、またもサイコーの内容だったと思わないかみんなたち……！（滝のような感涙を流しながら）

え、「『ほぼ全人類』は、さすがに言いすぎでは」って？　おかしいな。私のまわりでは九十八パーセントが見ているのだが。この一カ月、話題といえば『クロス（と略す）』のことばかりなのだが。なにごとにおいても、自分の常識を常識と思うな、ということですな。

映画『ハイロー（と略す）』シリーズは、個性豊かなきらめく登場人物たちが、なんかよくわかんないけど熱く拳をぶつけあって、壮大な喧嘩をする話だ。超絶アクションが連打されるので、否応なしにテンションがぶちあがるし、ストーリーや登場人物の言動もトンチキ（失敬）なようでいて、「実はこういうことなのかな」と推測／想像できる余地がうまく残されているため、見ると絶対にだれかと語りあいたくなる。人気シリーズとなったのもうなずける、とても楽しくてハイクオリティな作品群なのだ。

しかしシリーズ物だと、途中から参入しにくいなと尻込みするかたもいるだろう。大丈夫！　たとえば今回の『クロス』の場合、「さまざまな高校が入り乱れて大喧嘩をする話だよ」ということさえ押さえておけば、あとはもう、見ればわかる親切設計なのだ。『クロス』から初登場の人物が無数と思えるほどいて、私も映画館で鑑賞しはじめて五分ぐらいは、「つぎつぎに出てくる、きみたちはいったいだれなんだ！」と心のなかで十回ほど叫んでいたが、六分目で全員覚えられた。ものすごい説明能力の高さとパンチの効いた人物造形で、「拙著においても見習いたいものだ」とシャッポを脱ぐ。

たとえば、ラオウさんという初登場の人物。彼はちっちゃい子どもが乗るブランコを押してあげていて、その姿を見ただけで、「みなまで言うな。さてはきみ、『気は優しくて力持ち』だろ」とすべてを諒解できた。二秒で人物像が的確に伝わってきて、めちゃくちゃ話が早い。「え、まさか、『いいひとそうに見えて、本当にいいひと』なんてことある？　そこはふつう、裏の顔を持たせるところじゃない？」などと、うがった考えを抱く自身を恥じよ。ラオウさんに裏の顔などないっ。正真正銘いいひとで、「まじか、惚れる！」となる。テンプレすぎるほどテンプレな人物設定が、逆に有無を言わさぬパンチに転じているのだと言えよう。

『ハイロー』シリーズの魅力のひとつは、登場人物全員、常人には計り知れぬ行動原理に基づいて喧嘩をおっぱじめるトンチキさだろう。だが、作品を追うごとにトンチキが徐々に薄れ、個人的にはややさびしくもあるが、そのぶん洗練度が上がっているので、「いきなり『クロス』から見ても大丈夫」と自信を持っておすすめしやすいのもたしかだ（トンチキをふんだんに浴びてみたいというかたには、映画一作目『HiGH&LOW THE MOVIE』をおすすめする）。

とはいえ、決して薄まりきらないのがトンチキというもので、「安心して楽しめるアクション映画だな」と思ってスクリーンを眺めていた『クロス』においても、随所で「ちょっと待って、どういうこと⁉」と首をかしげざるを得ない言動や事象が発生する。

私が一番首の筋をちがえそうになったのは、巨大バリケードを蹴倒してラオウさんたちが乗りこんでくるシーンだ。そもそも高校の敷地内に、生徒たちが勝手に巨大バリケードを設置するのを許してる時点で、教師陣はなにをしてたのかと疑問だが（学園闘争の時代の話ではない）、それはまあいい。

バリケードが倒れると爆風らしきものが吹き、土埃（つちぼこり）が盛大に舞うのだが、何度見ても（まだ映画館で三度しか見られてなくて不覚なんですけど）、バリケード付近に爆発物っぽいものは見当たらないんですよ。しつこいようですけど、戦場ではなく高校の敷地内だから、巨大バリケードを倒壊させるほどの爆発物なんてなくて当然なのです。

じゃあいま、なにが爆発したの⁉　熱き魂⁉

俺の目頭も熱い。泣きそうだ（トンチキ世界観に相当やられている）。

この一編のエッセイで百回ぐらい「トンチキ」って言っているが、これは褒め言葉だ。仲間のピンチに駆けつける熱き心意気が炸裂したら、そりゃ爆発物がなくても爆発は起きる！　私はかねがね、「女性はイケメンが好きだよね。少女漫画のヒーローとか、イケメンばっかりだもん」という意見に対して、「そうじゃあない」と強く思ってきた。少女漫画のヒーローがイケメンなのは、彼らの内面のうつくしさ、優しさを手っ取り早く視覚化するための、とりあえずの「お面」なのだ、と。少女漫画をじっくり読めば、むしろヒーローの性格、ヒロインや友だちに対してどう接するひとなのかに、重きを置いて描かれているのは自明である。

『ハイロー』シリーズも同様で、常人には理解しがたいほどの感情のほとばしり、熱き思いが、「トンチキ」として視覚化されているわけで、「爆発物が見当たらないのに爆発」などの不可解な事象が起こるたび、私は「これが『ハイロー』だ！」と映画館の暗闇で快哉(かいさい)を叫ぶ（心のなかで）。このトンチキを嘲笑(あざわら)うものがいるとしたら、人間の本質の善なる部分を嘲笑っているのと同じだ。いや、「なんで⁉　なにが起こった⁉」と愉快な気持ちになれるのも事実なんですけどね。

三校連合のまわしものではないのだが、映画『クロス』、機会があったらぜひ全人類にご覧いただきたい。三校連合とはなにかと言うと、三つの高校の連合体だ。わかりやすい！

追記：現在は『ＨｉＧＨ＆ＬＯＷ　ＴＨＥ　ＷＯＲＳＴ　Ｘ』のＤＶＤも出ているので、機会があったら全人類にご覧いただきたい。

いま、「追記を書きすぎて、この本、当初の予定のページ数に収まりそうもないぞ。ただでさえ紙の価格が高騰している昨今だというのに、増ページを許してもらえるだろうか」と頭を悩ませているところなのだが、にもかかわらず新たに一ページを費やしておすすめしてしまう、俺のこの熱き魂の爆発を受け止めてくれ！

いつも悩むのは、私は「ＤＶＤ」って言ってしまうが、Ｂｌｕ－ｒａｙのほうが主流な気がするし、拙宅にあるものもよく見たらＢｌｕ－ｒａｙって書いてあるんだよな、ってことだ。あのキラキラした薄べったい円形の物体を、一言でなんと表せばいいのだ。「円盤」？でも、なんとなく俗語っぽい感じがして、現段階だと意味が通じないひともいるのではないかと懸念される。

ＵＦＯ＝空飛ぶ円盤っぽさがたしかにあるので、「円盤」はいい名称だろう。「ドーナツ盤」と同様、「ああ、あれね」と得心できるというか。一刻も早く、ＤＶＤとＢｌｕ－ｒａｙの総称として定着してほしい。もう定着しているなら、「したよ」って、円盤で日光を反射させて合図を送ってほしい。

# 深夜の秘密

深夜にタクシーに乗っていたら、

「今日は自分に課したノルマをすでに達成できたので、お客さんを目的地までお送りしたら、洗車して早めに営業所に帰ることにしますよ」

と運転手さんが言う。私はまた、タクシーの運転手さんに話しかけられ、車内でおしゃべりに興じていたのである。

「えっ。タクシーって、運転手さんが自分で洗車するんですか」

「そうです。なかも外も掃除して、つぎに乗務するシフトのひとに引き継ぐんですよ」

「なかなか大変ですね」

「昔は、営業所に早めに戻って、仲間が帰ってくるのを待ちかまえてる運転手もいました。洗車は面倒なものですから、『できればやりたくないなあ』ってやつもいる。そういう運転手から小遣いもらって、代わりに洗車してやるために」

「なるほど、きれい好きでマメなひとには、いい副業になりますね」

「私なんか、『そんな時間があるなら、ちょっとでも多くのお客さまを乗せればいいのに。そのほうが役に立てるし稼げるだろ』と思ってましたけども」

その運転手さんは道に詳しく、運転も上手だったので、タクシーの運転手さんとしてのプライドがあるんだろうなと推測された。

「でもいまは、洗車場があるので楽なもんです」

と運転手さんはつづけた。洗車場？　郊外でたまに見かける、だだっ広い土地にシャワーのついたホースがいくつも並んでいる、あれのことだろうか。だとしても、自分で洗車しなければならないわけで、「楽」とはどういう意味だ？　それとも、ガソリンスタンドなどにある、自動の洗車機のこと？　でも洗車機なら、けっこうまえから存在するし……。

私が「はて」と思っているのを察したようで、運転手さんが説明してくれた。

「深夜にだけやってる洗車場ってのがあるんです。大きな道沿いの、ビルの一階に。そこへ車ごと乗り入れると、七、八人がわーっと寄ってたかって、ものの二分程度で全部をピカピカにしてくれる。ワックスまでかけてくれて、千円です。近ごろのタクシー運転手はたいがい、そういう洗車場を利用してるんじゃないかな。早くて安くて仕上がりも完璧ですから」

「ええっ、そんな洗車場があるなんて、ちっとも知らなかったです。自家用車でも利用できるんですか？」

「できますよ。でも、一般のひとの車はたまにしか見かけませんね。けっこうあちこちにあるんですけど、なにしろ深夜にだけ開くものだから、あまり認知されてないんでしょう」

「へええ」

昼間にビルのまえを通りかかっても、たぶんシャッターが閉まっていて、「なんのお店かな」と思うこともなく行きすぎてしまっているのだろう。深夜しか開店しない洗車場。なんだか秘密めいていてロマンがある。

「ビルのまえの通りに、洗車待ちのタクシーの列ができるぐらい繁盛してます。その列をさばく人員もいて、スムーズなもんですよ。七、八人での洗車も、『窓係』『車内の床に掃除機をかける係』などなど、細かく分業されていて、いっせいに自分の持ち場を磨きあげる。プロの技です」

「洗車場で働いているのは、いったいどういうひとたちなんですか？」

「作業ぶりと仕上がりを監督する、親方みたいなひとが一人いて、それは日本人だと思いますが、実際に洗車にあたるのは若い外国人ばかりですね。話しかけようにも、一秒を争う勢いで真剣に洗車してくれるもんだから、詳しい内部事情はよくわかりませんが」

運転手さんは、「はあ」とため息をついた。「とにかく、すごい技と連携ぶりなんですが、それに見合った賃金をもらえてるのかなあ。安いお金で親方にこき使われてるんじゃないかと、心配になります。そう思いつつ、便利なシステムなんで、活用してしまってますが」

私は単純に「ロマン」などと思ってしまったが、たしかに、列をなすタクシーをつぎからつぎに洗車するのは、相当体力もいるだろう。運転手さんは自身の仕事にプライドを持っているからこそ、洗車係のひとたちの境遇についても思いを馳せているのだと見受けられ、優しいし大局観がある……。私も、親方が悪人でないといいのだがと、いまさらながら気を揉んだのだった。まあ、実際のところはわからないし、作業を監督する立場のひとを「親方」と表現したのも、運転手さんの勝手な呼称なのだが。「親方」って言われると徒弟制度っぽくて、「賃金……」と余計に気が揉めますよね。

それにしても、世の中の需要を見抜いた商売を考えつく、頭のいいひとっているものなんだなあ。ほぼタクシーだけが相手の、深夜に開く洗車場。秘密めいた香りがして、やっぱりロマンをかき立てられてしまう。「朝に開く豆腐屋」「朝に開くパン屋」だと、「まあ、そうだろうな」だが、「深夜にだけ開く豆腐屋」「深夜にだけ開くパン屋」と聞くと、俄然行ってみたくなる。深夜マジック。

多くの人々が寝静まっているあいだにも、黙々と働くひとたちがいる。かれらのお店が灯(とも)す明かりが、暗い道に光を投げかけている。

その光に気づいたものだけがたどりつける、秘密の洗車場。なんだか小説のはじまりみたいじゃないかと胸ときめくのだが、私はペーパードライバーなので、そもそもたどりつけないのであった。無念。運転手さんの話から推測するに、ビルの一階に乗り入れて、洗車を終えたらバックで道路に出なきゃいけないみたいだし。そんなむずかしい運転、無理だ（よく免許取れたな自分）。永遠にその場に留まって、洗車しつづけてもらうことになってしまう。営業妨害。

追記：その後、何名かのほかの運転手さんにも聞いてみたところ、みなさん深夜の洗車場をご存じかつ活用していた。すごく便利だという意見ばかりで、少なくとも東京のタクシー業界における認知度・浸透度は百パーセントと言っていいんじゃないかと思われた。

　洗車場で働いているのは外国のかたが多く、七人ぐらいのチームで作業にあたってくれる、というのは共通していたが、日本人の「親方」はチームリーダーみたいな感じで、メンバーをフォローしたり指示したりしながら、一緒に洗車している、という証言も得られた。店によってもちがうのかもしれないが、私はなんとなく、「竹刀（しない）を持った昔の鬼監督みたいなひとが、パイプ椅子にどっかと座って洗車場を睥睨（へいげい）している」のかと思っていたので、脳内イメージ図にブブーと大きなバッテンをつけた。

# いとこという伏兵

ずいぶんひさしぶりに、いとこ二人と会った（いずれも男性、私よりもいくつか年上）。子どものころは夏休みに祖母の家で一緒に遊んだりしていたが、大人になると法事などで顔を合わせるぐらいだったし、しかもコロナ禍でそういう機会もなくなってしまった。そろそろ近況報告も兼ねて飲もうかということで、タイミングの合った三者が集結したのである。

ご飯屋さんの席について開口一番、いとこAとBは、「白髪増えたなあ！」とお互いの頭髪についての感慨を漏らした。

「しをんは変わらないな」

「染めてんのよ。あと肉体が三倍ぐらいふくらんだし」

「それはまあ……（もごもご）、この年になればそういうもんだよ。俺は白髪になっただけじゃなく、前頭部がやばい」

「俺は頭頂部」

「そうかな。二人とも大丈夫そうに見えるけど」

「このお店はちょっと明かりが抑え気味だから命拾いしたんだ。光の角度が重要で、特に危険なのはエレベーターだ。天井にわりと明るい照明が設置されてるから、影ができにくいうえに狭くて逃げ場がない」

「わかる。照らされるがままの俺の頭は、もう鏡だよ。反射しまくっちゃって、『天井以外にも照明があるのかな』って、乗りあわせたひとに思われてるはずだ」

思われてないよ。いとこ二人は勝手に絶望的な気持ちになっているようだが、私は笑ってしまった。夏休みに一緒に遊んでいたころは、まさか毛量とか体積とかについて思い悩む日が来るとは予想だにしていなかったが、お互い年を取ったものである。しかし、「そういえばこのひとたち、子どものころからバカなことばっかり言っては、年下の私やほかのいとこたちの遊び相手になって楽しませてくれたな」と思い出しもした。

今回の会の発起人であるいとこAは、むちゃくちゃ腕っ節が強く、スポーツ万能。いとこBも、幼少期から荒れ狂う海でもものともせずにぐいぐい泳いでおり、これまたスポーツ万能。聞けば、AとBそれぞれの子どもたちも、運動部に入って活躍しているようだ。あれ……？ほかのいとこたちも、私の弟も、思い返してみれば「運動が苦手」って聞いたことがない。一応血がつながってるはずなのに、私だけ、どこに運動神経を落っことしてきた？

もしかしたら、私も運動をやってみればできるのではと思い、翌日、背筋を鍛えるゴム紐みたいなものと、座ったまま体幹を鍛えられるという小型のバランスボールみたいなものを購入した。しかしバランスボールの箱を開けたら、自分で空気を入れなきゃならない仕様だったので、とりあえずそのままにしてある。説明書を読んでいないから詳細はわからないが、拙宅には空気入れがないし、風船みたいに息を吹きこんでふくらませるのだとしたら、バランスボールがパンパンになるまえに私が死亡する(肺活量)。バランスボールを活用するためには、まずは有酸素運動などで心肺機能を高める必要があり、道のりは遠い。え、「背筋を鍛えるゴムは、すぐ使えるのでは」って? まあそうなんですけど、同時期に購入したのに、どちらか一方をさきに使いだすと、ひいきになっちゃうかなと。拗ねたバランスボールが、空気を入れてもふくらんでくれない、なんてことになったら一大事ですからね。

やはり運動神経云々以前の問題として、この怠惰な性格をなんとかしないと、バランスボールはいつまでもふくらまず、反比例して私はどんどんふくらみつづけるのだということがわかった。

それはともかく、いとこってのは不思議な関係性だなと思う。親戚づきあいが密なひともいるだろうけれど、私の場合は前述のとおり、いとことはあまり会う機会がない。友だちのほうが、私のしでかしてきた諸々についても、性格についても、よく知っている。それでも、いとこと会うと子どものころのノリのまま、即座に打ち解けてしゃべることができる。たとえば学生時代からの親しい友だちであっても、親には会ったことがないケースも多いが、いとこだと当然ながら、互いの親や家庭内の事情についても、ある程度は把握しているため、つっこんだ話をすることも可能だ。そう考えると、いとこは、「幼なじみ」という言葉で表される関係性に近いのかもしれない。

「いとこがいない」というひともけっこういるだろうし、親戚が多けりゃいいというものでもないが（諍いの種が増えることだってあろう）、私は、「いとこっておもしろくて心強い関係性だな」と今回感じた。引っ越しやらが影響したのか、私には現在までつきあいのある小学校以前の友だち、いわゆる「幼なじみ」がいないのだ。それをいいことに、生まれたときから物心がついてたみたいに振る舞ってきたが、ここにいとこという伏兵が現れた。かれらは私が、ドリフのお化け回を見るたびに恐怖でべそをかいていたことも、スイカに塩をかけて食べるのを頑なに拒否していたことも、すべてご存じだ。そのため、「あんなに怖がりだったのに、一人暮らし大丈夫なの」とか、「好き嫌いは？　この料理食える？」とか、四十代半ばになっても心配されてしまうのだった。

　ちょっと気恥ずかしいが、ありがとう、いとこという名の幼なじみよ。おかげさまで当方、家のなかで物音がしても、「また本の山が崩れたのかな。ぐー」と確認もせずに寝つづける図太い精神と、なんでももりもり食べて消化する胃袋を獲得して、無事に大人になりました。

# 忍び寄る老い

このエッセイが雑誌に載るまでにはタイムラグがあり、これを書いている現在は二〇二三年一月下旬だ。締め切りは一月中旬ぐらいだった気がするが、まあいい（全然よくない）。問題は、去年の十二月からの記憶がほぼないことだ。

いつのまに年を越した？　私に正月はあったのか？　いや、年末に各種コンサートへ行って、すごくよかったことはうっすら覚えている。だが、人生史上最悪に近い多忙に陥り、昏倒(こんとう)してたわけでもないのに、「えっ、いまもう一月下旬⁉」とタイムワープした気分だ。泡のように浮かんでくる記憶をたどると、マシンと化して正月飾りにボンドで松ぼっくりをくっつけ、マシンと化しておせちを重箱に詰め、マシンと化して雑煮をすする自分がいる。やっぱりラピュタならぬ年末年始は本当にあったんだ……！

多忙だった原因のひとつに、過信がある。調子こいて仕事を引き受けたはいいが、そういえば私、徹夜ができない体になっていたのだった。老いを直視せず、若いころのペースで書けるつもりでいたら、毎晩十時ぐらいには耐えがたい睡魔に襲われ、そこから十時間は寝てしまうので（睡眠に割く体力だけはまだまだある）、そりゃ計画どおりに原稿が進むわけがない。なにがなんでもコンサートに行くという強い意志を胸に、崖っぷちをへっぴり腰で三ミリずつ前進するような日々がつづいた。武道館がとてつもなく遠い……。

しかし私だけでなく、親も老いていた。年末のクソ忙しい時期に、父親が加齢により目の手術をすることになったのだ。日帰りでできる簡単な手術なのだが、片目がふさがれてしまうので付き添う必要があった。しかも、手術日と術後の検査日×両目ぶんで、計四回だ。

どうして手術の日程を勝手に決めてきちゃうんだよ。命にかかわる症状ではないんだから、もうちょっと暇な時期に……、と思わなくもないが、そこは当然、多忙を極めまくっているお医者さんのご都合が優先されてしかるべき局面なので、粛々と付き添いをする。幸いにも、近所の総合病院の眼科医は腕がいいと評判で、的確なる手術で父の目を治してくださったのだった。

でっかいガーゼが取れ、

「おお、視界がものすごく明るくなった」

と喜ぶ父。父はもともと視力が異様にいいうえに、どういう仕組みなのか手術によって遠視まで若干緩和されたようで、老眼鏡いらずの身になった。目だけそんなに若返ってどうすんだ。

我々は目が細い部族なので、先生も手術の際にご苦労なさったと思う（「もう少しだけ目をかっぴろげていただけるとありがたく……」と先生にお願いされるも、父的にはすでに限界まで見開いた状態だったらしい)。

「こんなちっちゃい面積の、さらに微小な部位を切ったり縫ったりできるなんて、信じられないねえ」

「ほんとになあ。先生はきっとすごく器用で、お裁縫とかも得意なんだろうなあ」

と、しみじみと語りあう。

手術を終えて、看護師さんが押す車椅子に乗って待合室に戻ってきたときの父は、打ちあげられた巨大マグロのようになっていて案じられたものだが、すぐに元気を取り戻したからよかった。

「だって、針やらなんやらが目に近づいてくるのが見えるんだぞ」

「ええっ、麻酔の目薬を事前に差してたのに?」

「痛みは感じなくなるが、視力は維持されたままなんだよ」

「ひえ〜」

怖くてドキドキしていたら血圧が上がってしまい、瀕死の巨大マグロになっちゃったらしい。私は先端恐怖症の気(け)があるので、話を聞いてるだけで意識が遠のきそうだった。いっそのこと全身麻酔にしてもらえませんかのう。

父は基本的にひとの話を聞いていないため、先生から説明を受けたはずの「術後に注意すべき点」を尋ねてもいまいち要領を得ない。

「さあ。風呂に入るのを一週間ぐらい控えればいいんじゃないか」

などと言う。日帰りですむ手術なのに、一週間も無風呂でいなきゃならないの⁉　そのあいだに貴殿はどんだけくさくなるつもりなのか。そもそも夏に手術を受けたひとはどうするのだ。翌日からふだんどおりに生活するのに、一週間も風呂に入れないんじゃ困るだろ。

なにかがおかしい。私は手術翌日の検査日に、父と一緒に診察室まで行くことにした。腕がいいと噂の先生は、私よりも明らかに年下の男性で、五十代以上なのかと想像していたから少々驚く。まあ、こんなにお若いのに、大勢のひとの目を治して、お医者さんとは本当に立派ですごい。調子こいて仕事を引き受けたくせに、ぐーぐー寝てる私との差よ……。

先生は優しく親切でもあって、図解までして父の目の状態をわかりやすく説明してくださった。なるほど、なるほど。

「あのう、先生。父はどの程度の期間、お風呂を控えたらいいんでしょうか」

「今日から入って大丈夫ですよ。目を見開いたままシャンプーするひともそうはいないでしょうから、頭も洗ってかまいません」

なにが一週間だ。貴様、風呂に入るのが面倒で適当なこと言ってただけだろ！　とひそかに父を小突（こづ）くも、父はやっぱり先生と私のやりとりなど我関せずで、あふれる涙と鼻水（手術後は出るものらしい）をぬぐわんと、ポケットティッシュを探して鞄をごそごそやっていた。

ひとの話を聞けぃ！

追記：父はその後、一泊入院したうえでの目の手術も受けた（加齢）。おかげで目だけますます若返ったそうだ。入院だと家族は付き添わなくてよかったので、楽だった。

入院中、ものすごく頻繁に目薬を差さなきゃいけないらしく、患者任せにしていたら忘れてしまうこと必至なので、時間が来ると看護師さんが差してくれる。父を担当してくれたのは新米男性看護師さんで、指導役のベテラン女性看護師の監督のもと、懸命に父に目薬を差そうとするも、緊張からか手がぶるぶる震えている。

「自分で差したほうが早いなーと思ったんだが（なにしろ体はピンシャンしている）、『できるまでがんばって』って指導役の看護師さんが言うし、お父さんも協力しようと目をかっぴらいたんだが、いたずらに目のまわりが濡れるばかりだった」

結局最後まで、新米看護師さんが一発で目薬を差せたことはなかったそうだ。「いくらなんでも不器用すぎないか？」と父は言っていたが、目が細い部族ゆえに、ご厄介をおかけしたということだろうと私は思った。

# 狐が活躍した日

先日乗ったタクシーの運転手さんが、史上最高（三浦調べ）に道を知らないうえに、こちらの道案内にもひとつも従ってくれないひとだった。電車で目的地まで向かったのでは微妙にまにあわないが、車なら余裕だなという感じだったのでタクシーを選んだのだが、運転手さんのトンチキ運転が炸裂したせいで、結局二十分も遅刻してしまった。待ちあわせ相手には大変申し訳ないことになったが、私はこの体験により、ひとつの悟りが啓（ひら）けた気がする。

乗車してすぐ、「○○を通る裏道をご存じですか？」と運転手さん（三十代ぐらい。物腰やわらかい感じの男性）に聞いたところ、「知ってます」という答えだったので安心して任せるも、裏道を堂々と無視して、渋滞中の幹線道路に突入。なぜだ。これはもう、高速道路を使うルートに変更したほうがいいなと思って、「××インターから首都高に乗ってください」とお願いしたのだが、わざわざ遠まわりして、べつの△△インターチェンジから高速に乗る。

いや待って。ほんとなぜだ。さすがに黙っていられず、

「あのー、××インターと言ったつもりだったのですが、どうして△△インターを選んだんで

すか?」

と尋ねたら、

「すみません。自分でもどうしてなのか……」

と、わりと平然とした様子で答える。

このひと、もしかしてまったく道を知らないのではないか(高速の乗り場も把握していないというのは信じがたいが)。そして、知らないことを「知らない」と言えない性格なのではないか。

となると、プライドを傷つけぬようにさりげなく、しかし懇切丁寧に道案内しないことには、私は目的地に永遠にたどりつけない。覚悟を決め、

「ええと、このさきにジャンクションがありますが、そこは右かなと思うんですよね」

と言ったら、

「はい、右ですよね。大丈夫です!」

と運転手さんはほがらかに言い、ジャンクションで左の道を選択した。

「わー、右右右! 右ですって!」

と言ってももう遅い。前振り→ボケって、コントか。

「運転手さんも『右』だとおっしゃったのに、どうして左の道に行っちゃったんですか」

「いやあ、自分でもどうしてなのか……！」

「いったい私たち、どこに向かってるんですか？」

「どこなんでしょうかねえ。ほんとすみません！」

　こりゃダメだ。とりあえず、つぎの出口で高速から下りてもらい、ほかのタクシーを拾って乗り換えることにする。

「だけど私、さすがにこの乗車代金は払いたくないんですけど」

　と申してでたら、タダにしてくれた。てんで見当ちがいな場所に連れていかれたうえに、その時点で待ちあわせ時間が来ていたので、温厚な（？）私も今回ばかりは、タダ働きとなった運転手さんに同情はしない（目的地にたどりつけてないんだから、そもそも「働き」になってないしな）。

　しかしなんとなく思ったのは、運転手さんにとっても私にとっても、あれは「狐に化かされる」ような体験だったのではないかということだ。運転手さんは本当は道を知らないわけではなく、ただなぜか、その日にかぎって、高速の乗り場がすっぽり頭から抜けるとか、「右だ、右だ」と思っていたのに左に行くとか、自分の意図とはちがう行動を取ってしまっただけなのかもしれない。また私も、さりげなく、しかし必死に道案内してるのに、その声がなぜか全然相手に届かないような、時空の歪みにすぽっとはまってしまっていたのかもしれない。

そういうおかしなめぐりあわせの日は、きっとだれでも、まれにあるのだ。あまりの不思議体験に、なんだか悟りが啓けたのだった。現に私も運転手さんも、

「えー、なにがどうなっちゃったんだろ」

「まったくもって、自分で自分が謎です」

と困惑が行きすぎて笑うほかなかった。

という話を後日、べつのタクシーの運転手さん（四十代ぐらいの男性。こちらは道をよく知っているまっとうな運転手さん）にしたところ、

「その運転手、返金すれば許されると思って、ふてぇやつですよ。お客さんが代金を支払わないのは当然として、そのうえでタクシーセンターにクレームも入れてやればよかったんです！」

とプンプンしはじめた。同業者として看過できぬ事態だと義憤にかられているらしい。

「お客さん、心が広いんですねえ。ふつうなら激怒案件なのに」

「いえ、ちょっとの刺激で堪忍袋の緒が引きちぎれると定評がありますが、そのときは、『ま、こういう日もあるよな』と諦めがさきに立ったというか。でも一個わからなかったのは、その運転手さん、優良マークがついてたんです」

「ええっ⁉　どうしてそんな運転手に。どんなマークでしたか」

私が車内に掲げられていた優良マークの形状を説明すると、

「なるほど。それは運転手個人ではなく、タクシー会社に対して発行される優良マークです」

と運転手さんは言った。「やっぱりその運転手、未熟もんで確定ですよ」

謎がすべて解けて、すっきりした。優良マークには二種類ある！　人生には狐に化かされる日もある！　これでいいのだ（バカボンのパパ）。


追記：運転手さんが教えてくれたところによると（そして校閲さんも調べてくれたところによると）、運転手さん個人が優良だと認められた場合、車内の運転者証かメーターのうえに、「優良運転者」と小さな横長の札（ふだ）がくっついている。「優良運転者」になるためには、勤続年数、接客態度、事故・違反の履歴などに厳しい条件があるようだ。

タクシー会社が優良だと認められた場合、「優良」というシールが窓や車体に貼られていたり、下敷きよりちょっと小さいサイズの「優良」とプリントされた紙が、ダッシュボードに置いてあったりする。

私はこれ以降、気をつけて観察するようになったのだが、「優良運転者」の札がついている運転手さんはそんなにおらず、なかなか大変な条件なんだなと感じる（もちろん、条件をクリアしていても、「優良運転者」の申請をしない運転手さんもいると思うが）。

# 応援合戦

近所のコンビニでネットプリントをした。と言いつつ仕組みがよくわかっていないのだが、写真や書類などのデータをネット上に預けて（？）おくと、コンビニのコピー機でプリントアウトできるのである。拙宅のプリンター、現在紙やら本やらに埋もれて発掘が困難なため、コンビニのネットプリントを便利に活用している。

必要な書類をつつがなくプリントアウトし、「よし、今度はこれをコピーしないと」とコピー機の蓋を開けた。そしたら紺色のパスポートが現れた。どうやら、まえにコピー機を使ったひとが置き忘れたらしい。こりゃ一大事！　泡を食ってレジまで持っていき、店員さんに託す。

やれやれとコピー機のまえに戻り、書類をコピーし終えて、釣り銭返却ボタンを押したら、私のお釣りは五十円のはずなのに、受け皿にはさらにプラスして七十円があった。どう考えても、パスポートを置き忘れた人物のぶんのお釣りだ。またも泡を食って、さきほどの店員さんに七十円を託す。

パスポートもお釣りも忘れるほどうっかりしてるのに、海外に行って大丈夫なんだろうか。

いや、もしかしたら身分証明書としてパスポートのコピーが必要だっただけで、海外旅行の予定はなく、これからコピーを提示して借金するぞという局面なのかもしれないが、そうだとしたらなおさら、お釣りの七十円を忘れちゃだめだろ。「七十円を笑うものは、七十円に泣く」だ！　なにからなにまで置き忘れる人物に、やや気が揉めたし、「でも、うっかりはだれにでもあるからな。がんばれ」と応援の気持ちが湧いてきたことだ。

今月、もうひとつ「がんばれ」と思ったのは、タクシーの運転手さんに対してだ。前回にひきつづき、タクシー話になってしまい恐縮だが、たまにしか乗らないのに、キャラ立ちした運転手さんに当たる確率が異様に高い二カ月であった。

その日、私は出張のため、早朝の新幹線に乗らなければならなかった。荷物も重いし、もう東京駅まで車で行こうと思い、配車アプリでタクシーを呼んだ。すると道の向こうから、ものすごいおんぼろの個人タクシーが、車体をふらふらさせながら近づいてきた。

はたして運転手さんは、元気のいいおじいさんだった。かなり高齢に見受けられるが、おいくつなんだろう……。耳がちょっと遠いようで、行き先を伝達するのに手間取ったが、「じゃ、しゅっぱーつ！」とスムーズに発車。しかし、車はやはり左右に振れる。運転手さんのせいではなく、サスペンションに少々問題があるのではと思われた。

これから高速に乗るのに、運転手さんと私は生きて車から降りられるのだろうか。やや不安

になっているのを察したのか、運転手さんは自分から、

「俺ぁ、この道六十年なんだ」

と申告してきた。「あ、敬語使わなくていい？　だれに対しても、このしゃべりかたしかできなくてさあ。でもお客さんのなかには、いやがるひともいるから、その場合は黙るけども」

「大丈夫です。つづけてください」

　どう見ても運転手さんのほうが人生のパイセンだし、タメ語だろうとなんだろうと全然かまわないが、それより、六十年も運転手さんをやってるって、ほんといったい、おいくつなんだ？　生きて車を降りたい、と左右に振れる車内でひそかに身を硬くしていたら、またも運転手さんは察したのか、二十二歳でタクシー会社に就職してすぐのときに経験した、社員旅行のエピソードを語りはじめた。

　ということは、御年八十二歳！

（ちなみに、社員旅行で修善寺に行ったら、大雪で閉じこめられて難儀したというエピソードだった）

　もうダメかもしれん。失礼ながら、半ば観念し、心で念仏を唱えつつ運転手さんの話に耳を傾ける。二重橋にある商工会議所の初任給は八百万円だそうだ。「初任給なのに、高すぎないですか？」「だよなあ。俺も高いと思うんだけども」とのことで、真偽は不明。

高速に乗って明確になったのだが、車のサスペンションはガタが来てるものの、運転手さんの運転はすごくうまかった。さすがこの道六十年。年齢でひとを判断しちゃいけないなと反省する。

「東京駅で、その大荷物ってことは、今日は旅行かい？」

「いえ、仕事です」

「休みの日なのに大変だねえ。あー、お先真っ暗だ！」

お先真っ暗は、私の出張に対する感慨ではない。運転手さんは、高速でまえにトラックが入ってくるたび、「おやおや、まえが見えねえ。お先真っ暗だ！」と言うひとだったのである。そしてトラックがいなくなると、「気持ちいいねえ。すいてる高速、俺ぁ大好き！」とぶっ飛ばす。左右にガタピシ振れる車体。さすがに再び心で念仏を唱えざるを得ない私。高速の案内表示や進行方向を、逐一指差し確認して安全運転に努める運転手さん。しかしハンドルから片手が離れるもんで、そのつどますます振れる車体。心のなかでいよいよ高まる念仏。がんばれ、サスペンション。がんばれ、運転手さん。

運転手さんのたしかな技術とぶっ飛ばしのおかげで、予想よりも早く、無事に東京駅に到着する。

「じゃあ、またどっかで会おうね！　仕事がんばってー」

と言い残し、運転手さんは左右に振れる車で元気に走り去っていった。

応援してるつもりでいたが、応援してもらったのは私だったな、と思った。

追記：校閲さんも、「初任給が八百万⁉」と思ったのだろう。二重橋には日本商工会議所と東京商工会議所のオフィスがあるのだが、両方の初任給を調べてくれた。

結論として、八百万ということはまったくない。初任給として一般的かつ良識的と感じられる金額であると、両商工会議所の名誉のために申しあげたい。運転手さんが言ってた八百万て、どっから出てきた数字なんだよ。

この運転手さんのタクシーには、そのあと偶然、もう一回乗った。拙宅近辺を縄張りにしているようなので、まあそういうこともあろう。車は修理に出したのか、サスペンションの具合は改善されていた。

「あのー、まえにも一度乗せていただきましたよね？」

と言ったら、

「そうだっけ？　よっぽどインパクトあるお客さんじゃないと覚えてらんないからなあ」

とのことで、深く納得した。運転手さんのインパクトに勝る客は、そうはおるまい。

# 脳内の混線

これまで私は、お会いしたかたから「忙しいでしょう」と（挨拶の一環的に）ご心配いただくたび、「いやあ、そんなに忙しくないですよー。しょっちゅうゴロゴロしてるんで」と答えてきた。実際、そこまで忙しくないし、たとえちょっと仕事が混んでるときがあっても、「忙しいアピール」をするのもいかがなものかなと思っていたからだ。

しかしここに来て、「まじで私、忙しいのでは」と認めざるを得ない。具体的に言うと昨年（二〇二二年）十月から、仕事や家族絡みの所用（通院の付き添いなど）やコンサートへ行くことでてんてこ舞いで、終日休めた日って一日もないのだ。

いま念のため、手帳を見返してみた。十一月の頭に一日、十二月の頭に三日、二月の頭に二日、寝てるだけの日があった。休んどるがな。なんで月初めにばっかり寝てるんだろう。たぶん締め切りとの兼ね合いで、そのあたりでドッと倒れ伏すのではと推測されるが、倒れ伏してない月もあり、また、毎月十日あたりにわりと大きな締め切りが一個あるので、本来なら月初めに倒れ伏してる場合じゃないわけで、寝るなー！　起きろー！　我ながら謎の生態である。

そもそも通勤で体力を削られたり、同僚や上司とのつきあいで神経をすり減らしたりということがなく、自分のペースで仕事を進めればいいので、毎日が休みといえば休みなのかもしれない。コンサートにも行ってるし。遊んどるがな。

しかしやっぱり、そろそろ丸一日、なんの段取りも考えずボーッとしたり温泉に浸かったりする日があってもいいような気がしてきた。そのためにも今後はおおげさなぐらい「忙しいアピール」をし、スケジュールの調整に努めるべきではないか。

こう考えるようになったきっかけがある。いま話題のＣｈａｔＧＰＴだ。

ニュースなどで名称は耳にするも、「ＡＩが文章書いてくれるなら楽だなー。私の原稿書いてくれないかなー」と、漠然と呑気なことを思うばかりで、機械オンチなため、いまに至るもなにをどうすりゃＣｈａｔＧＰＴとやらとコミュニケーション（？）を取れるのかすらわかっていない。だが、出席したある会議で、ＣｈａｔＧＰＴが普及することで問題は発生しないのか、もし発生したとしたら、どう対応すればいいのか、という議題が提出された。

自由業なのに、いったいなんの会議に出席してるんだ、と疑問に感じるかたもおられるだろう。文章で生計を立ててるひとが作っている、ゆるやかな互助組織のような団体の会議だ。まあ、ギルドみたいなものだと思っていただきたい。こういう文章関連の団体はいくつかあって、会員になると組合の健康保険に入れたりするので、小説家、エッセイスト、脚本家などなど、なんらかの団体に入会してるよというひとは多い。

　私が入っている団体では、いろんな役目に持ちまわりで就くことになっている。まあ、いずれ順番がまわってくるという点で、ＰＴＡみたいなものだと思っていただきたい。私は現在、監事という役を仰せつかっていて、これはなにかというと、理事会に規定の人数がちゃんと参加しているか、そこで有意義な議論が行われているか、それがきちんと議事録に残されたかなどを見守るお役目である。

　コロナ禍のため、理事会はリモートも併用されており、私も毎回、自宅から画面越しに議事進行を注視してきた。のちに作成される議事録が正確かどうかを判断するのは責任重大なため、真剣にメモを取る。だが、リモート参加ばかりでは、監事の存在感が薄れるのではないか。監事は複数名いて、都合のつくひとは現地で理事会に臨席しているので、「じゃあ今度は私が現地に行きます」ということになった。

　リアルで臨席すると、理事会の議論もいっそう身に迫ってくる。理事のみなさんは、熱心かつまっとうに各種議題に関して意見を交わしている。必然的に、メモを取る私のペンもうなりを上げる。記録用に、事務局のかたが室内の様子をパシャパシャ写真に撮っている。

　そこで議題が、ＣｈａｔＧＰＴになったのだ。なるほど、いま話題の。カメラマン役の事務局のかたが、ちょうど私の背後にまわりこんだタイミングだった。これはお役目的にも、「や

って る感」を出すためにも、きっちりメモしておくべき局面！　私のペンは白煙を上げそうな勢いで、こう記した。

チャットＧＴＲ

ひきつづき五分ぐらい議論に耳を傾けてようやく、理事のみなさんが口にしている正しい名称に気づいた。あらま、γ-ＧＴＰ（ガンマ）とＧＴＯ（グレートティーチャーオニヅカ）がごっちゃになったような名称をメモしてしまってた。惜しい！　惜しくないよ、「Ｒ」はどこから混入してきたんだよ。はっ、藤沢とおる先生の『湘南純愛組！』と『ＧＴＯ』のスピンオフ作品で、『ＧＴ-Ｒ』ってあったな。そこか……！

メモの該当部分をぐりぐりとペンで塗りつぶし、こっそり正式名称に書きなおした。私のトンチキメモが写真に記録されていないことを心から祈る。議論自体は、こんなトンチキじゃなく、ちゃんと行われていたし、私も「ＣｈａｔＧＰＴ」という名称を頭に叩きこみましたので、会員のみなさま、どうかご安心ください。議事録はきちんとしたものが残されます。

やはり見栄を張って、「やってる感」を醸しだそうとしたのが敗因。なにごとも平常運転でいいのだ。それで行くと「忙しいアピール」も「やってる感」と同類なので、慎んだほうがいい気もするが、忙しさゆえに脳内が混線して正式名称を覚えられなかった（と思いたい）ので、なるべくスケジュール調整に努め、今後も月初めにはぐーすか寝ることにする次第だ。

## 陶酔の度合い

自己陶酔の度合いについて考えている。

というのも、友人と私はある歌手のコンサートに行ったのだ。そのひとはものすごく歌がうまく、見た目もキラッキラしていて、「スター」とはこういう存在なのだと体現するかのようだ。

ところがMCコーナーになると、絶妙にいいかげんな冗談を連発するので、さっきまで美声で我々をとろかしていたのはなんだったんだ、と軽く混乱させられる。うっとりしていいんだか笑っていいんだか、なんかもうよくわからない。ファンもそのあたりは織りこみずみだから、軽妙なトークを繰り広げるスターに、客席から茶々を入れたりする。アットホーム。

友人も私も、そこも含めてそのスターのことが好きなので、何度もコンサートに足を運んでいるのだが、

「これって、スターはスターでも、『昭和のスター』感がないか？」

と終演後に語りあった。

「うん、小林旭のリサイタルみたいな味わいがある。東宝でも松竹でもなく、日活最後のスター、小林旭というのがポイントだ」

「いい塩梅にちゃらんぽらんなトークは、森繁久彌にも通じるところがあるね」

「むせるような昭和感……！　根本は真面目なお人柄なんだろうなと推測されるのに、なんで『うっとり』だけでは終わらせてくださらないのか」

「たぶん、自己陶酔が苦手なタイプなんだよ」

と友人は言った。「歌いながら感極まって泣く、といったことは絶対なさそうというか」

「なるほど。美声で観客をとろけさせたあとに、必ずおちゃらけトークをせずにはいられないのは、含羞の表れなのか」

　私がそのスターだったら、歌がうまくて顔面もスタイルも完璧な自分に酔って、とっくに天狗になっているところだ。少なくとも、「さあ、今日もいっちょ、ファンのみんなをとろかしてやるかな」と、キメッキメのステージングをしてしまいそうである。ところがそのスターは、そんな単純な精神構造はしておらず、「いえ自分なんて、まだまだなんで。歌だけでなくトークでもお楽しみいただけるよう努める所存です（照）」と思っているのだろう。

　歌がうまくて見た目も完璧だと、周囲からやっかまれて、これまでいろいろ大変だったのかな。だから、あえて笑いの要素も加えて、ちょっと自分を下げてみせるようにする習性が身についているのかな。とも思うのだが、スターのほがらかで嫌みのない振る舞いを見ていると、どうもそういう感じはしない。ただひたすら謙虚かつサービス精神旺盛な性格であるがゆえに、自己陶酔を自身に許さず、その結果、観客をうっとりさせたいんだかさせたくないんだかよくわからない、独特のステージが現出しているような気がする。

つまり、そのスターには客観性があるということだ。そしてユーモアは客観性から生まれる。あくまでも真面目にMCをしているように見せかけて、客席をどっかんどっかん沸かせるトーク術も、故（ゆえ）のないことではないのだ。

「『自己陶酔が苦手』って、なんだか信頼できる感じがするねえ。そう考えると、ますますスターへの好感度がアップしたよ」

と私は言った。友人もうなずき、

「陶酔を許さない『もう一人の自分』が、常にスター自身の言動をジャッジしてるせいで含羞が発動し、なんか微妙にキメッキメになりきれないんだろうね」

と見解を述べた。「その『隙』が、『昭和のスター』感の源泉であり、私たち観客は『うっとりを返してくれ』と少々戸惑うわけだけど。好き！」

「好きなのか、結局」

「うん。あなただって好きでしょ」

「もちろん。またスターのコンサート行こうね！」

我々は幸せな気持ちで帰路についたのだが、それから数日経ったいまも私は、「自己陶酔」について考えている。

歌手でも役者でもお笑い芸人でも、当然ながら曲や役柄やネタに感情移入し、取り憑かれたようにのめりこんで表現する瞬間があるはずだ。だがその瞬間にも陶酔を許さず、冷徹に自己をジャッジする「もう一人の自分」が、どのぐらい脳みその手綱を握っているかは、ひとによってまったく度合いが異なるような気がする。言い換えれば、客観性をどの程度維持しているか、ということだ。

むろん、客観性があればいいというものではなく、自己陶酔しきって表現したほうが、受け取り手の心に響くこともあるはずだ。だが逆に、陶酔すると周囲が見えなくなる傾向にあるため、受け取り手を鼻白ませてしまう危険性も高い。いい塩梅の「自己陶酔」を探るのはむずかしい。歌手、役者、お笑い芸人のなかでは、なんとなく芸人さんが一番、「陶酔を許さないもう一人の自分」が確立しているような感じがする。たぶん、自身に対するある種の冷徹さがないと、観客の笑いを意のままに操るなんてことは不可能だからだろう。ユーモアは客観性から生まれる、と芸人さんを見ていると特に思う。

じゃあ小説家はどうだろうと考えると……、わからない。私は自分を甘やかし、すぐ感情が激し、客観性がないことで定評があるが、ほかの小説家のかたを見ていると、独特のユーモアを有し、落ち着いて周囲をよく観察しているひとが多い気もする。ただまあ、書いてるときのことは不明ですものね。ふだんは気配りと冷静さの塊のようなひとが、小説執筆中だけはむちゃくちゃのめりこんで、滝のような涙を流しながらパソコンのキーボードを打っている、ということもあるかもしれず、その様子、見たい！

あ、私は泣きながら書いたりはしません。いつも無表情でパソコンに向かってるし（たぶん）、しょっちゅうお菓子を食べるために中座します。そこは少しはのめりこめよ！

追記：友人と私は、「ディナーショーが似合う」のもスターの条件だと思っていて、このスターも二、三十年後に、品川プリンスホテルとかでディナーショーをやってくださるといいなと願っている。スパンコールがちりばめられた衣装で登場するスター。丸テーブルのあいだをまばゆい笑顔で練り歩き、たまに握手なんてしてくれちゃうスター。みんなが食べてるフランス料理に引っかけた下ネタを言うスター（どんな下ネタだよ）。ほわわわわん。絶対に行く！　チケットが高額でもいい！　それがスターでありディナーショーだからだ。スターのために、老後までに貯蓄しておく。

# ハチプロ武勇伝

　巣に戻ってくるハチを待ち伏せするため、ベトコンと化して茂みにひそんだハチプロと、自分だけ安全圏に退避して空を見張る私は、十メートルの距離を置きつつ、なおも会話を続行していた。

「二十年以上、このお仕事をされてるとおっしゃいましたが、きっかけはなんだったんですかー」

「それはですねー」

　大声を表す「ー」を語尾につけると、読んでいるだけで声がかれてくる気がするので、ここからは通常の表記に戻す。ハチプロと私は距離をものともせず、声を張りあげてしゃべっているのだと思っていただきたい。ハチはひとの声がしても、あまり気にしないようだ。あと、ハチプロは会話の合間にも、巣を目指して飛んできたハチを一撃必殺で仕留めている。「バサーッ！　シュッ！　ガサガサ」と、茂みでしょっちゅう立ったりしゃがんだりしているのだと思っていただきたい。

「うちの店は、もともと祖父がはじめたんですよ。当初は都心のほうでやってまして、僕も高校生ぐらいからバイトで手伝いをしてました」

「へえ。しかし、拙宅近辺だったら郊外で緑も多いですけど、都心にもハチの巣って、そんなにあるものなんですか？」

「いやいや、そのころは銀座などの飲食店がお客さまでしたね。ほら、ゴキブリやネズミが出るので」

「ひぃーっ」

「いまは効き目の高い毒餌や殺虫剤がありますから、まあ素人でもなんとか対応はできるんですよ。でも当時は、専門の駆除業者に頼むしかなかった。しかも、丁寧に仕事をする業者じゃなきゃいけません。出現したゴキやネズ公をただやっつけるだけじゃなく、行動をよく観察して、おおもとの巣を叩き、侵入経路を完全にふさぐ！　それでこそプロです」

「おおー」

「おかげさまで、お客さまからご信頼いただき、商売は軌道に乗って、僕も経験を積むことができたのです」

「……ちょっと気になったんですけど、プロの技を全力で駆使しちゃったら、その店にはもう、ゴキやネズミは出ないですよね。ジレンマじゃありませんか？」

「ま、そうなんですけど、飲食店は無数に存在するので、『あそこに頼むといいよ』って口コミの効果がありますし、ゴキやネズ公は新天地を目指して移動するうえに、根絶は不可能ですからね。やはり手を抜かず、誠実に商いするのが一番です」

「おおおー」

また同じ店から依頼されるように、わざと害虫・害獣を見逃す、などといったずるはしない。気高きハチプロ一家なのだった。

その後、ハチプロの店は郊外に移転し、おじいさんが亡くなったのちも、ハチプロは家業をつづけることにした。飲食店街から住宅街へと環境が変わったため、相手にする害虫もハチやシロアリが多くなり、最初は手こずった。しかしハチプロは果敢に戦い、やつらの生態を観察、研究しつづけた。

というのもハチプロは、幼少のみぎりから昆虫大好きっ子だったのだ。夏休みに捕まえたカブトムシを大繁殖させたり、コオロギや鈴虫を大合唱させたりと、虫を愛でる日々を送っていたらしい。にもかかわらず、虫を駆除する職業に就いたのは、若干矛盾があるというか、葛藤や苦しみが生じるのではと案じられたのだが、

「それはそれ、これはこれなんで、べつに大丈夫です」

と、ハチプロは恬淡(てんたん)としたものであった。

とにかく、ハチプロは虫好きの観察眼と研究心をいかんなく発揮し、新たな敵（ハチやシロアリ）も攻略していった。その過程では、返り討ちに遭うこともあった。

「スズメバチをナメてたんですよねえ。『まあ平気だろ』と思って、防護服を着ずに軒下にある巣を駆除していたら、ハシゴを握ってた左手を、軍手越しにブスーッと刺されまして。右手は殺虫剤のノズルでふさがってるし、振り払うことができない。ハチが刺さったまま、つぎつぎに襲いくる大群をなんとか殺虫剤で撃ち落として、辛（から）くも勝利を収めましたが、もう痛いのなんのって」

　以降、スズメバチを駆除するときだけは防護服を着るようになったハチプロだが、特にオオスズメバチはその名のとおり巨大で獰猛（どうもう）。防護服ものともせず、ブスーッ、ブスーッと刺してくるらしい。

「一度、神社の境内の切り株に大きなハチの巣があると連絡を受けまして、行ってみたらオオスズメバチだった。あんときはさすがに帰りたかったですけど、境内の通行にも難儀していると泣きつかれちゃ、しょうがない。覚悟を決めて戦いました。向かってくるハチから、一瞬でも目を離したら負けです。ハチの猛攻をかいくぐり、殺虫剤で撃ち落とす！　しかしオオスズメバチの場合、一回の噴霧では死にません。蘇ってまた向かってきたところを、二回、三回と諦めず反撃して、ようやく仕留められます。そのあいだにも、むろんべつの個体がブスーッと刺してくるので、噴霧！　激痛を伴うモグラ叩きのようなものです」

「激痛を伴うモグラ叩き！」

　あまりのパワーワードに、思わず復唱してしまった私だ。「ハチプロ、よく生還できましたね」

「いやあ、対オオスズメバチ戦以来、ハチアレルギーを発症しちゃったみたいでして、刺されるとじんましんが出るんですよ。いつか呼吸困難で死ぬかもしれません」

「ちょっと！　まじで危険だから、もう拙宅のハチの駆除も切りあげてください。刺されたらどーすんですか！」

「大丈夫。ハキリバチは温厚なほうですし、スズメバチ一族に手こずったのも昔の話です。いまは、まず刺されることなく駆除できるようになりましたから」

　そう言って、なおも茂みに潜伏しつづけるハチプロ。本当に根気強く丁寧な仕事ぶりであると、感服するほかなかった。以上のような次第で、「再びのブンブン猛襲」の回に記したとおり、ハチプロは柱に出入りするハチをすべて退治してくれたのだった。

　ハチプロのおかげで、拙宅は平穏を取り戻した。ところが、今年（二〇二三年）の夏の終わり、またも玄関先をしきりにハキリバチが飛び交いだした。ひえっ。柱に巣くっていたものどもは、ハチプロが撲滅してくれたのに、また本家から通りを越えてやってきたのか？

即座にスマホを手に取り、ハチプロにＳＯＳしようとするも、踏みとどまる。私はハチプロの壮絶な戦いの歴史から、なにを学んだのか。まずは落ち着いて観察、研究してこそ、ハチプロの衣鉢（いはつ）を継ぐに足るものとなれるのではないか。

玄関のドアをちょっと開け、屋内からハチの動向をうかがう。ハチは、かつて巣を作ったのと同じ支柱に、さかんに接近している。どうして、どうして、そんなにその柱が好きなの？

私は玄関から出て、そーっと柱に近づいた。柱の内部への侵入経路となった穴は、ハチプロがシーリング剤でガッチガチに固めてくれてある。しかし今回現れたハチどもは、こねた土で作ったドーム状の蓋のようなものを、シーリング剤に覆いかぶせていた。うわ、これ前回、穴の入口にあったものと同じだ！　おうちのドアを、器用に作るもんだなあ。と感心してる場合じゃない。やはりハチプロにＳＯＳだ。

と思ったのだが、踏みとどまった。侵入経路をふさいだハチプロの腕を、信用したほうがいい。その後も数日、観察をつづけたところ、はたしてハチは姿を消した。残ったのは、作りかけの巣の入口のみ。ハチプロがシーリング剤と金網でガッチガチに侵入を阻（はば）んでくれたおかげで、ハチは柱内部に到達することができず、巣づくりを諦めたようなのだった。

ありがとう、ハチプロ！　この完璧な仕事ぶりだと、同じ家からつぎの依頼はなかなか来ないのではと推測され、商売っ気という点では、やはり気が揉める。

# あとがき

や、やっと「あとがき」までたどりつきました……。

本書の前日譚にあたる『のっけから失礼します』は、エッセイ集としては厚めの本になってしまった。いや、中身が重厚なのではない。『のっけから失礼します』はむしろ、「読まなくても、人生において驚くほどなんら支障が生じない」と評判の一冊だ。厚めというのはページ数の話である。

そこで、今回の『しんがりで寝ています』をまとめるに際し、私は心に期していた。「今度こそは絶対、ページ数少なめで、文字が大きくレイアウトにも余裕があって、ハーブティーを飲んでくつろぎながらお読みいただけるような、おしゃれなエッセイ集にする！」と。

しかし結果ときたら、このありさまだ。むろん、第一弾にひきつづき、本のデザインはおしゃれだ。装幀の円と球さん、連載時もお世話になっているカメラマンの魚地武大さん、本当にどうもありがとうございます。

問題は内容で、文章や言ってること自体がおしゃれじゃないのは、すでにわかっていたのだが、空間恐怖症の気がある私は、単行本化にあたってページの余白に追記をしまくり、「そうなると、おまけの書き下ろしも必要かな」と思って書きまくって、結局、またも厚めの本になってしまったのである。なんだこの、「異様な圧で生活臭が迫ってくる文字だらけの本」は。私が想定していたエッセイ集とかけ離れとるじゃないか。みなさまのお手もとにあるハーブティーの茶葉も、出番がなくて枯れ草と見分けがつかなくなっているのではないかと推測する。まことに申し訳ない。

もうひとつ申し訳ないのが、私が締め切りをまちがえていたというか、進行の段取りをちゃんと理解できておらず、書き下ろし原稿のできあがりが大幅に遅れてしまったことだ。大日本印刷のみなさま、校閲者のみなさま、ご迷惑をおかけし、本当に本当にすみません！　にもかかわらず、いつもながらの万全な体制で本書刊行にお力添えくださり、心から御礼申しあげます。

「あとがき」のしょっぱなから、お礼とお詫びの嵐。いやもうほんと、一人じゃ本はできあがらないという当然のことを、年々歳々、痛感することしきりだ。加齢により体力と集中力が低下しているのか、ピンチを馬力で突破することができなくなってきた。みなさまのお力あってこそのわたくしです。胡散臭い政治家みたいなことを言ってしまった。

首相の座を狙う（狙ってない）わたくしが、いま願っているのは率直に申しあげまして、

「パーティー券購入してほしいなー（本書をお買い求めいただけるとうれしいなー）」ということです。単行本化にあたって書き下ろした部分には、原稿料は発生しないんですよ。つまり、そこにかけた時間と情熱、無報酬というか、そのあいだに袋麺を二十食ぐらい消費してるんで、考えようによっては赤字というか。せめてパー券（ちがう）が少しでも売れてくれるとありがたく、ぜひ清き一票を投じていただきたいかなー、なんて。

　ええい、さもしいことを言うな。いくらなんでも袋麺を食べすぎだし、そもそも書き下ろしは、貴様が率先して「やる」って申しでたんだろ。はっ、そうでした。余白をなるべく埋めなきゃ気がすまず、拙者、ノリノリかつ嬉々として書いたのでした。そしたら原稿の完成が遅れて、各方面にご迷惑を……。このうえは腹かっさば……きはしないけど、お詫びして訂正します。パー券も本書も、べつに購入しなくても大丈夫です。購入していただけたらうれしいし、首相の座が近づくけど（近づかない）、犯罪以外の方法で本書を手に取り、ご自由にお楽しみいただければ幸いであると思っております。

　あと一部政治家のかたは、報酬を度外視して情熱をほとばしらせる私の高邁な精神を見習い、利権やら賄賂やらに気を取られるのを即刻やめて、みんなのために仕事をしていただきたい。貴様ついさっき、報酬についてなんか言ってたじゃないか。はっ、そうでした。自身のさもしい根性を糊塗（こと）するために、一部政治家にとばっちりを食らわせてしまいました。このうえは腹かっさば……かない。利権やら賄賂やらをどうこうするのは、本当に即刻やめたほうがいい。

ところで、「おしゃれ」とはなんなのだろう。おしゃれなエッセイ集を目指したいのなら、まずは「おしゃれ」の定義について考えねばなるまい。

「まえがき」にも記したとおり、本書に収録したのは、おしゃれな女性向けファッション誌「ＢＡＩＬＡ」の巻頭ページで、好き放題に書かせてもらったエッセイだ。私はいつも、「連載が打ち切りにならないのは、巻頭ページだけ透明のインクで刷られていて、編集部と雑誌読者のみなさまの目に触れていないからじゃないかな」と疑っている。しかし拙宅に届く掲載誌を見ると、巻頭ページも、ちゃんと通常のインクで刷られているのだ。これっていったい、どういうこと？　まさか、透明インク（市販用）と通常インク（拙宅送付用）、二種類のインクで刷りわけている？（疑り深い）

いやいや、そんなことはないはずだ。おしゃれじゃないエッセイもガッツで受け止めてくださる、「ＢＡＩＬＡ」読者のみなさま、担当編集者の中川友紀さんに、感謝の舞いを捧げます。いつもどうもありがとうございます。

おしゃれな雑誌に、なぜこういうエッセイの居場所があるのか。まあ、まず第一に編集部と雑誌読者の心が広いからなのだが、連載をつづけさせていただくうちに、もうひとつの理由も見えてきた。

「おしゃれ」と「オタク」は、対立する図式で語られることもある。特にオタク（つまり私）にとっては、おしゃれはあまりにもまばゆく、即座に巣穴に籠もりたくなるような憧れかつ嫉妬の対象なわけだが（いや、そんなふうには感じないオタクのかたも多いと思うが）、実際にはわりと語りあい、理解しあえるものなのかもしれない。なぜならおしゃれなひとというのは、「おしゃれオタク」だからだ。「オタク」という意味では、漫画ばっかり読んでる私も、おしゃれなひとも、同じなのだ。

一緒にするな、という声が聞こえるが、あいや待たれい。これは、送られてくる「ＢＡＩＬＡ」を十年近く読みつづけた拙者の結論だ！　だって、こんなに毎号毎号、素敵な服やアクセサリーや食べ物で誌面を埋めつくしたり、その情報を摂取したりするって、ただごとではない。しかも、美容や健康やインタビューなどの読み物ページも充実してて、もう心身ともにおしゃれと美を探求・追究するぞという気概にあふれている。この（いい意味での）貪欲さ・過剰さ・一途さを、「オタク」と言わずしてなんと言うのだ。ふつうはどこかで、「おしゃれと美……。まあいっか」って、諦めておせんべいとかバリバリ食べはじめるもんじゃないのか（私はそうだ）。

つまり、なんらかの貪欲さ、過剰さ、一途さを、だれしもが持ちあわせている。言い換えれば、人間だれしも、なんらかの「オタク」なのではないかと思うのだ。はまれるものがないと言うひととは、「はまれるものがない人生を歩むオタク」だ。その状態を長年維持しているのは立派なことなのだから、自信を持って堂々と、「なぜはまれるものがないのか」を探求・追究しつづければいい。

私は連載を通して、そう考えるようになった。おしゃれじゃないエッセイを、あたたかい心で迎え入れてくれるおしゃれなひとたちの姿勢に接して、いたずらに対立の図式を作り、相手について理解したり想像したりすることもなく、隔絶・分断されたままでよしとすることの愚かさを知った。おしゃれなひとは、これもまた一種のオタクだ！　我々は同じ穴のむじなだ！（言いよう）　そういうわけで、おしゃれな「ＢＡＩＬＡ」で、おしゃれじゃないエッセイを堂々と書いてよし。

と、堂々としている場合なのだろうか。「Ａ＝Ｂ」かつ「Ｂ＝Ｃ」すなわち「Ａ＝Ｃ」なのだから、「おしゃれなひと＝オタク」かつ「オタク＝おしゃれじゃないエッセイを書くひと」すなわち「おしゃれなひと＝おしゃれじゃないエッセイを書くひと」なので、大丈夫だとは思うが……。念のため、オタク特有の探求心と追究心を発揮して、私ももっとおしゃれについて学んだらどうかという気もしなくもない。じゃないと、ほんとにそろそろ連載打ち切りになってしまう。

そうねえ、おしゃれかー（バリバリ←またおせんべいを食べはじめた）。最近、五十肩で両腕とも上がらないもんで、たるんたるんの服しか着てなくて、そしたら油断して肉体までますますたるんたるんになってしまい、せっかく欲望百貨店（伊勢丹新宿店）に行っても、「試着しようにも、この五十肩と肉体の状態ではなあ」と、足を踏み入れるのは地下の食品売場だけなんだよなあ。たるんたるんになる要素しかない。

などと、ぼんやりとおしゃれについて（？）思いを馳せていたら、父が拙宅に顔を出した。襟つきのシャツと色褪せしていないスラックスを着用している。

「あれ、どこか出かけてたの？」

「仕事でちょっと……（盛大な溜め）、青山に」

「あらま、めずらしい」

「正確に言うと、青山と六本木の中間あたりだな。（チラッチラッとこちらをうかがいながら）どう思う、この地名」

「おしゃれだね」

「そうだろう。まあやはり、おしゃれな人間は、おしゃれな場所に行くものというか」

「おしゃれな地名がお父さんを呼んだというか」

「そういうことだ」

なんなんだよ、この茶番。父はいつも毛玉のついたセーターとか、膝が出ちゃったズボンとかを平気で着用しており、あまりにもおしゃれな街と縁遠いものだから、ひさしぶりに青山と六本木の中間あたりに行って、浮かれて自慢しにきたようだ。「青山と六本木の中間あたり」って漠然としすぎで、具体的にどこなんだ。青山霊園か？

おしゃれ……、それは我が生活において遠すぎる憧れ……！

なんか壮大なムードを醸しだしてきたから、長かった「あとがき」もそろそろ終わりかな、と察したかた、鋭い。しかしこのあとにまだ、「巻末おまけ」をご用意しておりますので、おつきあいいただければ幸いです。

お読みいただき、本当にどうもありがとうございました。またどこかでお会いできますようにと祈りつつ筆をおき、すぐに筆をとって「巻末おまけ」に取りかかります。

みなさま、どうぞお達者で！

二〇二三年十月

三浦しをん

巻末おまけ書き下ろし

# イメトレの成果

私には野望があった。「山形県の月山に登りたい」という野望だ。

月山——標高一九八四メートル。冬期の積雪は十メートルを超える、厳しい山である。出羽三山のうちのひとつで、古くから修験の山として知られ、人々の信仰を集めてきた。このあたりのことは、森敦の傑作小説『月山』(文春文庫『月山・鳥海山』に収録)にも描かれている。

この月山に登ってみたいと思い、私はかねてより計画を進めてきた。まずは山形県在住の知人に頼み、車で八合目まで連れていってもらった。とってもきれいな風景だった。こりゃやっぱり頂上からの景色も見てみたいなと思い、翌年、知人から、月山に詳しい登山の先生を紹介してもらった。ところが、山形へ出発する十日ほどまえ、本書にも収録したエッセイのとおり、足の親指の爪が剝げ飛んだ。激痛で歩くのも困難なため、登山はやむなく中止し、代わりに知人と登山の先生に車で案内してもらって、山形県内の即身仏を四体拝観してまわった。即身仏拝観の旅については、拙著『好きになってしまいました。』(大和書房)に収録したエッセイをご参照いただければ幸いだ(ステマ)。

そうこうするうちコロナ禍に突入し、県をまたいだ移動がむずかしくなった。月山が遠い……。

しかし私は諦めなかった。二十年ぐらいまえに一回だけ使った山用の靴が、よく見たら崩壊しそうな状態になっていたため、この機に思いきって新品を購入し、近所を歩いた。「歩いた」といっても、スーパーへの往復十分の道のりなのだが、そのあいだも「ここが山道だとしたら」と、たゆまずイメージトレーニングを重ねていたから問題ない。靴も足に馴染み、もはや履いてることを忘れるレベルとなった。山用の靴は、着脱の際に紐を締めたりゆるめたりせねばならず、少々手間取る。一度、ハードなイメージトレーニング（十分間）を終え、スーパーで買った食材が詰まった大型エコバッグを抱えて帰宅したはいいが、食材の下のほうに鍵がもぐりこんでしまってなかなか取りだせず、そうこうするうちに急な尿意に襲われて、なんとか玄関の鍵を開けると同時に、靴も脱がずにトイレに飛びこむというアクシデントに見舞われたことがあった。ぎりぎり漏らさなかったし、履いてることを忘れるレベルに馴染んだ靴ということは、靴はほぼ履いていなかったのと同然と解釈できなくもないため、問題ない。

以上のような苦節四年ほどを経ての、二〇二三年。とうとう、月山にアタックするチャンスが再びめぐってきたのである。

ここまでのくだりをお読みになって、みなさま薄々感じておられるだろう。「三浦が登ろうとする山なら、たいしたことないんじゃないの？　『車で八合目まで』行けるって書いてあるし」と。いけませんなあ、甘く見ては。たしかに、月山は八合目（標高一四〇〇メートル付近）まで、車が通れる立派な道があるから、自分の足で登る標高差は六百メートル弱だ。しかし、平地で六百メートル歩くのとは、わけがちがいます。山なんですよ、山。また、月山にはいろんな登山ルートがあり、なかには過酷な縦走路も存在すると聞くが、私が予定しているのはむろん、八合目から歩いて二時間半ほどで山頂に着けるという初心者コースだ。だけど登るのは、ほかならぬ私なんですよ、私。山と私をナメないでいただきたい。標高差六百メートルの山道を、私が二時間半で登れるわけがなかろう！　これは過酷な登山になることまちがいなしだ。

「そうだよ、『積雪は十メートルを超える』って書いてあった」と心配してくださったかた、お優しい。でも、私が登るのは八月の末なので、ご安心ください。登山道にかけらも雪がない時期です。「じゃあなんだったんだよ、冒頭の情報は」と憤慨されるだろうが、私も一度ぐらい、かっこいい山岳ノンフィクションを書いてみたいなと、ふと思ってしまったのだ。ふだん、まるで山岳に登らない身なのにか。現段階ですでに腰砕けの内容になってるのにか。……ほんとすみません、大上段に振りかぶってしまって。

しかし、たとえ初心者コースだろうと、夏だろうと、山をナメてはいけないのは本当だ。月山登山に向けてますますトレーニングするべく、私は五月下旬、まずは北海道へと飛んだ。いや、北海道でトレーニングといっても、大雪山(だいせつざん)に登るわけじゃない。「(夏の)月山に登れるかなあ」と不安がってるような初心者が、練習がわりに大雪山系に挑んでいいはずがないということぐらいは、なんとなくわかる。ちなみに飛行機が苦手なので、北海道へと「飛んで」もいない。新幹線と在来線に乗って、てんてこ運ばれていった。むろん山用の靴を履いて、車内でもイメージトレーニングに励んだ。

　母さん……、北海道の大地はまじで広く、新幹線で上陸したあと、在来線の特急に乗り換えて札幌方面ににじり寄るだけで三時間ぐらいかかるわけで……。長時間の移動と、その最中にも怠らなかったイメージトレーニングでさすがに疲れたため、白老(しらおい)で降りて一泊することにした。疲れたと言いつつ、「ウポポイ」へ行って国立アイヌ民族博物館を見学し、地元の居酒屋さんで夕飯を食べる。居酒屋の大将は、私が東京から飛行機を使わずに来たと知ると、極太のアスパラの天ぷらや、「めふん」という鮭(さけ)の血合いの塩辛や、鹿ロースのたたきなど、北海道のおいしいものを勧めてくれた。片端からたいらげながら(どれもものすごく美味だった)、大将とおしゃべりする。

　大将によると、近年ヒグマや鹿や猪の出没が多発し、さまざまな被害が出ているとのこと。特にヒグマの危険性はしゃれにならんので、大将は山にも川辺にも絶対に近づかないようにしているそうだ。

「しかしメニューを拝見しますと、山菜のお料理があるようですが」

「ああー、山菜は旬を過ぎたから、いまはやってないんですよ。食べてもらいたかったなあ。その山菜はね、地元の山菜採り名人が売りにきてくれるのを仕入れるんです」

「大将は、山菜を採りにいったりはしないんですか」

「行かない、行かない。名人は慣れてるからまだしも、素人で山に入るひとの気が知れねえ。だってヒグマが……！　お客さん、山菜と自分の命、どっちが大事ですか」

「そりゃ命です」

「そうでしょう。命ほどには、山菜なんてうまいもんじゃないですよ。山菜のために命を捧げなきゃならねえなら、俺はホウレン草のおひたしとか食ってりゃ充分だなって思いますよ。だってヒグマが……！」

山菜がおいしいから、「食べてもらいたかったなあ」とさっき言ったんじゃないのか。山菜と命の狭間で揺れ動く大将を見ていると、もしかしてこのひと、前世でヒグマと死闘を繰り広げでもしたのかなと、ちょっと笑ってしまった。だが笑いごとじゃなく、ヒグマの脅威が身近に迫っているのだとも感じられた。以降、北海道にいるあいだじゅう、私のイメージトレーニングに「もしヒグマに出くわしたら」も加わった。日が暮れてから表を歩くときは、葉ずれの音にも「ひゃっ」と悲鳴を上げるほど周囲に警戒アンテナを張りめぐらし、いつでも死んだふりができるように努めた。実際は死んだふりをしてはいけなくて、ヒグマと目を合わせつつ、そろそろと後退するのがベストらしい。猛獣と遭遇しても取り乱さずに目を合わせるって、いかなる格闘技を体得した猛者であっても、ちょっとむずかしいのではないかと思うが。

翌朝、また列車に乗り、某駅で北海道在住の友人Iちゃんと落ちあった。Iちゃんはわざわざ仕事を休み、それから五日間も車で道内をあちこち案内してくれたのだ。コロナ禍でずっと会えなかったため、車中でも観光先でもしゃべりっぱなしの日々だった。ありがとう、Iちゃん&留守番の日々を送ることになってしまったIちゃんのご家族！　むちゃくちゃ楽しい旅だったので、詳細をまた改めてどこかで書きたい気がするのだが、書かないかもしれない（気まぐれ）。あの食い倒れアホ旅は、Iちゃんと私の記憶に残っているのだから、それでいいのかもなとも思うからだ。まあとにかく、我々は道内各所でおいしいものを貪欲に胃袋に収めまくった。私は北海道で旬の極太アスパラを合計七本ぐらいは食べた（好物）。そのあいだもずっと山用の靴を履き、イメージトレーニングとヒグマへの警戒に励んでいた。

私のなかでヒグマに対する恐怖心が半端なく高まっていることを知り、Iちゃんは「ベア・マウンテン」に案内してくれた。ここはヒグマ専門のサファリパークのような施設で、山中で半ば放し飼いされているヒグマを、バスの車内から間近に眺められる。ヒグマは水たまりで遊んだり笹の茂みで昼寝したりしており、案外無邪気な生き物なんだなと感じるも、爪の長さが人間の指ぐらいあることもわかってしまった。ヒグマへの知見が深まってよかったが、「こりゃもう遭遇したらアウトだな」という諦念もマックスに高まった。とりあえず「実物大ヒグマ顔はめパネル」に顔をはめて、Iちゃんに写真を撮ってもらう。恐怖と諦念を克服すべく、もういっそのことヒグマと一体化しようという作戦である。

『銀牙―流れ星　銀―』（高橋よしひろ／集英社）、『ゴールデンカムイ』（野田サトル／集英社）、『羆嵐（くまあらし）』（吉村昭／新潮文庫）……。これまで読んだクマ物（？）の傑作の数々が脳裏をよぎり、「うーん、ヒグマこわい……。『まんじゅうこわい』的な意味じゃなく、まじでこわい……。あと赤カブト（『銀牙』に登場する巨大なクマ）はヒグマだったっけ？　小学生のときに読んだきりで、さすがに記憶が曖昧だから、もう一度読み返したい……」と旅の空でうなされる。

そのころIちゃんは、数日来抱いていた疑問をとうとう私にぶつけることにした。

「ところでしをんちゃんさ、どうして山用の靴を履いてるの？」

「ん？　それはね、この夏、月山に登ろうと思ってるからだよ」

「えっ。ふだんから歩いてる？」

「室内を一日百二十歩ぐらいは。あと二週間に一度、この靴を履いて往復徒歩十分の近所のスーパーに行ってるし、イメージトレーニングは欠かしてな……」

「こうしちゃいられない、現実でトレーニングしよう！」

みなまで言わせず、Iちゃん（登山や沢登りが趣味）は神威岬（かむいみさき）に連れていってくれた。ここは澄んだ青い海を眼下に見られる絶景ポイントで、とてもおすすめなのだが、岬の突端へたどり着くためには、けっこうアップダウンのある道のりを行かねばならない。途中、階段もあるし、断崖絶壁に貼りついた工事現場の足場みたいな通路もある（あくまでも主観。手すりもついてるから、たぶん大半のひとは大丈夫だ）。

「ひぃぃ～、こわいよー。ヒグマもこわいけど、あたし高いところも苦手なんだよー」

「がんばって！　月山に登るんでしょ？」

「そうだった。けど無理だよー。『絶対にこの柵を越えないでください』って注意書きあるけど、そんな無謀なことするひといないと思うよー。だって崖だよ、崖。ひ……（スンッ）」

「あれ、なんか静かになった」

「うん、もうこわがるのに疲れてきた」

しまいには無の境地になって、黙々と歩く。Iちゃんはさすが、ひょいひょいと足取りが軽い。そして私たちは岬の突端から、三方どこまでもつづく海を眺めたのだった。

「こんな調子で、私ほんとに月山に登れるのかなあ（ぜえはあ）」

「ここまで来られたんだから大丈夫。ぜひイメージトレーニングの続行と、あとはもうちょっと遠方にあるスーパーに頻繁に行ったほうがいいかも」

「わ、わかった」

私の現状を見きわめ、柔軟に旅程を変えて的確な場所（ヒグマ、岬）へと導いてくれるIちゃん。持つべきものは優しく思慮深い友であると、人生何百回目かの感慨にふけった。

充実した北海道旅行を終えた私は、Iちゃんの助言を踏まえ、ますますイメージトレーニングを強化し、往復二十分のスーパーへ買い出しにいくようになった。しかし一人暮らしの限界で、買い出しは十日に一回が精一杯であった。頻度を上げるべく、懸命に食材の消費に努めたのだが、体重が増加するばかりで……。あ、まとめ買いを控えればよかったのか。いま気づいた。

そんなこんなで心身の準備を万全に整えた（？）私は、八月下旬、月山に挑んだ。この登山の詳細についても、また改めてどこかで書きたい気がするのだが、書かないかもしれない（気まぐれ）。

手っ取り早く結果をお伝えしますと、わたくし、見事登頂をはたしました！　二時間半のはずのルートなのに、八時間かかりました！

「え？　八時間もなにしてたの」って？　ひたすら登りつづけていたのですよ。登山の先生（八十代男性）がわりと早い段階で、「……わかりました。三十分歩くごとに十分休憩して、おやつ食べましょうね」と優しく言ってくださったので、私は三十分おきに、山には場違いなスマホのタイマーを高らかに鳴り響かせ、「先生ー！　おやつ食べたいです！」と訴えるマシンと化していた。と弟に報告したら、「おまえまじで、先生にもほかの登山客にも山にも迷惑だし失礼だろ！　なんで山登ろうとか思っちゃったんだよ！」と怒られたが。そういえば、すべての登山客はもとより、犬にも軽快に追い抜かれたなあ。なんで山に犬がいたのかよくわかんないけど。

でも先生、「こんなこともあろうかと、山頂の山小屋を予約しておいたので、ゆっくりで大丈夫ですよ」って励ましてくれた。山小屋にはもちろん風呂はないわけだが、私が風呂の「ふ」の字も出さず、おいしい夕飯をむっしゃむっしゃたいらげてるのを見て、「三浦さんは、お風呂に入りたいとかないんですねえ（はいまあ、ふだんから入らないんで）。山に向いてますよ」って感心してくれた。翌朝、一時間半で下れるという別ルートを、超へっぴり腰で四時間かけて進んでるときも、「山に対するその慎重な姿勢、大切なことですよ」って褒めてくれた！　と弟に反論したら、「本当に、心の広い先生についてもらえてよかったな。俺だったらイライラして、おまえを山中に埋めてたところだ」と真顔で言われた。たしかにな……。先生と、同行してくださった知人Mさん、Kさんの優しさと忍耐力に改めて感謝するほかない。

月山は（私には）厳しい山だった。だが、おかげさまで楽しい経験となり、いい思い出ができた。ひととして、またひとまわり成長した気がする。物理で。北海道でも山形でもおいしいもの食べて、登山中も三十分に一回お菓子食べたら、そりゃ成長してしまう。

これだけひととして成長したからには、富士山登山も夢ではないかもしれないが、弟に言ったら絶対にあきれて激おこになるし、先生も憂い顔をなさると思うので、イメージトレーニングに留めている。

富士山——標高三七七六メートル。えっ、四捨五入したら四千メートル峰じゃないか。車で行ける五合目の標高は……、二四〇〇メートル!?　やめだやめだ、これ以上のイメージトレーニングは命にかかわる。よくがんばった自分（に甘い）！

## 三浦しをん

1976年東京生まれ。2000年、『格闘する者に○(まる)』でデビュー。
06年『まほろ駅前多田便利軒』で直木賞受賞。
12年『舟を編む』で本屋大賞受賞。
15年『あの家に暮らす四人の女』で織田作之助賞受賞。
『ののはな通信』で18年島清恋愛文学賞、19年河合隼雄物語賞受賞。
著書に小説『光』『墨のゆらめき』、エッセイ集『のっけから失礼します』など多数。

---

初出　雑誌「BAILA」
2019年6月号～2023年8・9月合併号

章末おまけコラム　その二　俺たちも楽じゃない
雑誌「小説宝石」　2022年4月号

二章　大地をさまよう
WEBサイト「@BAILA」　2020年6月掲載

---

## しんがりで寝(ね)ています

2024年3月10日　第一刷発行

著　者　三浦(みうら)しをん

発行者　佐藤真穂

発行所　株式会社集英社
〒101-8050　東京都千代田区一ツ橋2-5-10
電話　03-3230-6096(編集部)　03-3230-6080(読者係)
03-3230-6393(販売部)書店専用

印刷所　大日本印刷株式会社

製本所　加藤製本株式会社


ISBN978-4-08-790139-9　C0095